RUGADH DAIBHIDH EYRE ann a
e seachad bliadhnaichean na h-
Litreachas na h-Alba agus Gàic
agus bhon uair sin tha dreuchdan air a bhith aige mar neachnaidheachd is oifigear nam meadhanan. Chaidh cuid dhe na dàin aige fhoillseachadh ann am *Poetry Scotland, Irish Pages, Northwards Now, An Guth, Gutter* agus *New Writing Scotland.* Dh'fhoillsicheadh an nobhail ghoirid aige, *Glainne,* ann an 2015.

Cailèideascop

DAIBHIDH EYRE

Luath foillsichearan earranta
Dùn Èideann
www.luath.co.uk

A' chiad chlò 2017

ISBN: 978-1-912147-12-0

Gach còir glèidhte. Tha còraichean an sgrìobhaiche mar ùghdar fo Achd Chòraichean, Dealbhachaidh agus Stèidh 1988 dearbhte.

Chuidich Comhairle nan Leabhraichean
am foillsichear le cosgaisean an leabhair seo.

Chaidh am pàipear a tha air a chleachdadh
anns an leabhar seo a dhèanamh
ann an dòighean coibhneil dhan àrainneachd,
a-mach à coilltean ath-nuadhachail.

Air a chlò-bhualadh 's air a cheangal le
Martins the Printers, Berwick upon Tweed

Air a chur ann an clò Sabon 11 le Main Point Books, Dùn Èideann

© Daibhidh Eyre 2017

Do mo bhràthair Mìcheal

'In the memory of man, no invention, and no work, whether addressed to the imagination or to the understanding, ever produced such an effect.'
Dr Pàdraig M. Roget a' sgrìobhadh mun chailèideascop,
Blackwood's Magazine, 1818

'…when a great man has once become an object either of interest or wonder, and still more when he is considered as the possessor of knowledge and skill which transcend the capacity of his age, he is soon transformed into the hero of romance.'
Sir Daibhidh Brewster, *The Martyrs of Science*, 1841

'Bha daoine anns an t-saoghal seo, a' coimhead air rudan gun a bhith gam faicinn ceart, oir bha iad uile air an cuairteachadh leis an sgleò a bha seo… bha e a' cuairteachadh nam beann as àirde, agus na cuantan as doimhne. Bha e a' cuairteachadh gach duine agus gach nì ann an nàdar, bho mheanbh-chuileagan gu mucan-mara.'
Bhon sgeulachd cloinne *A' Phrosbaig Bheag* aig Angela Dhonn

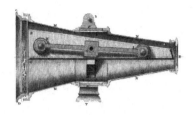

I

A' COIMHEAD AN-ÀIRD, chunnaic Anna Bahia solas an t-seòmair, drilseach, air boinneagan na froise, na dathan ag atharrachadh gu sgiobalta bho airgead, gu liath, gu geal, gu dearg, gu gorm.

Shìn i a-mach a làmh agus nochd siabann ann, agus fàileadh glan mionnt air. Dhùin i a sùilean agus thòisich i a' cur an t-siabainn gu slaodach tron ghruaig ghoirid dheirg aice. Nuair a bha an saplas a' dol math gu leòr, chuir i a h-aodann fon uisge gus cuidhteas fhaighinn dhen t-siabann. An uair sin stad an fhras. Chuir Anna a-mach a làmh a-rithist agus nochd siabann a bharrachd ann. Thòisich i ga nighe fhèin leis, a làmhan air a craiceann mhìn dhonn. Nuair a bha i deiseil, choimhead na sùilean gorma aice an-àird a-rithist, agus thill an t-uisge, blàth agus socair. Às dèidh greis, shìn Anna a-mach a gàirdeanan: stad an t-uisge agus nochd èadhar bhlàth na àite, ga cuairteachadh 's ga tiormachadh. Agus an uair sin – an rud a b' fheàrr a chòrd rithe, rud nach d' rinn duine sam bith eile air an robh ise eòlach co-dhiù – oiteagan èadhair fhuair, ga piobrachadh. Bha i a-nist na dùisg, a' faireachdainn deiseil airson an latha.

A' coimhead air a faileas sa bhalla, bha gàire oirre, 's i a' cuimhneachadh air fear òg a bha san fhras seo còmhla rithe o chionn beagan mhìosan. Cha robh dùil aige ris an èadhar fhuar idir agus leig e sgreuch eagalach nuair a thòisich e a' spùtadh a-mach.

Thòisich Anna a' nighe a fiaclan. Nuair a bha i deiseil, chaidh i tro dhoras dhan t-seòmar-chadail agus dh'fhosgail i preasa. Choimhead i air an aodach a bha na bhroinn. Cha robh mòran ann, ach bha Anna fhathast greiseag a' dèanamh taghadh. Fhad 's a bha i a' coimhead, thuirt i:

'Madainn mhath a Ghriod. Dè th' againn an-diugh?'

'Madainn mhath Anna.' Bha guth air nochdadh bho oisean an t-seòmair – guth boireannaich, na meadhan-aois. 'Disathairne, an 7mh latha dhen Chèitean 2214. Chaidh trì freagairtean ùra a chur ris an deasbad a tha thu a' leantainn air Lìonra na h-Acadamaidh. Tha seachd teachdaireachdan teacsa a' feitheamh ort, agus dà theachdaireachd bhidio – fear dhiubh sin bho d' athair. Dh'iarr thu orm a chur nad chuimhne gur e co-là-breith do charaid Liu Min a bhios ann Diciadain sa tighinn – sin Diciadain an 11mh dhen Chèitean. Agus, mar as àbhaist, tha thu a' coinneachadh ri Vito Bellamy aig a' chafaidh aig 10m – tha sin ann an 34 mionaidean.'

Fhad 's a bha an Griod a' bruidhinn, chuir Anna briogais ghoirid oirre fhèin, lèine fhada gheal a chaidh sìos gu a glùinean, agus brògan aotrom.

'Glè mhath a Ghriod, mòran taing. An togadh tu na sgàilean?'

'Nì mi sin Anna.'

Gu slaodach, dh'fhalbh an dorchadas a bha air a bhith a' laighe air na h-uinneagan, agus thàinig solas an latha a-steach. Nuair a bha solas gu leòr anns an t-seòmar, chaidh na lampaichean dheth.

Choimhead Anna oirre fhèin ann an doras a' phreasa, 's e air tionndadh a bhith na sgàthan. Bha i 24 bliadhna a dh'aois agus na sgoilear ann an eachdraidh. Agus bha i math air. Bha fios aice air sin. Fiù 's aig an ìre thràth seo na beatha-obrach, bha na trì pàipearan a bha i air fhoillseachadh san dà bhliadhna mu dheireadh air aire iomadh sgoileir a ghlacadh mar-thà, 's iad am measg nam pàipearan as motha a chaidh a dheasbad air Lìonra na h-Acadamaidh.

Bha fios aice gun robh i air fàs cliùiteach gu ìre – san lìonra a bha cudromach dhìse co-dhiù. Bha làn fhios aice cuideachd gun robh i brèagha, glic, làn tàlaint. Agus bha i coibhneil na dòigh cuideachd, a' cuideachadh nan oileanach òga agus ag èisteachd ri trioblaidean a caraidean.

Ach bha i fhathast an-fhoiseil.

Oir ann an eachdraidh fhada mhic-an-duine – na linntean fada on a thòisich iad a' sgrìobhadh agus a' clàradh am beathannan – cha robh càil ann mu robh i airson sgrìobhadh.

Chòrd an cafaidh seo ri Anna gu mòr. Bha e ann an talla a bha meadhanach mòr, agus nas cumhainge na bha e fada. Bha dàrna-leth a' chafaidh leth phàirt shuas air fear dhe na ballachan as giorra. Fon bharraid far an robh Anna a' suidhe, chunnaic i deich loidhnichean de phlanntraisean cofaidh, a' sìneadh a-mach gu ceann eile an talla. Ged a bha solais os an cionn, bha e fhathast caran fuar, agus bha plangaidean ri fhaighinn dha na daoine a bhiodh a' suidhe anns a' ghàrradh. An solas agus an fhuachd. Aig amannan, bhiodh pìoban aig mullach an talla a' fosgladh gus uisge a leigeil às, mar fhras bheag fhuar air latha brèagha, a' dèanamh bhoghan-froise anns an adhar.

Bhiodh muinntir a' chafaidh a' buain nam pònairean cofaidh agus gan ròstadh ann an trì dòighean eadar-dhealaichte. Anns a' mhadainn, b' e an cofaidh meadhanach-ròsta a bu mhotha a bha a' còrdadh ri Anna, agus i ga ghabhail le bainne teth agus briosgaid no dhà.

Bha i a' leughadh nan teachdaireachdan teacsa a bh' aice. Rudan àbhaisteach – cuiridhean do dh'òraidean agus co-labhairtean, teachdaireachd fhada bho charaid a bha a' gabhail turas fad bliadhna gu leth air an Talamh ('Ghabh mi sashimi ann an Vancouver a-raoir. Am biadh as fheàrr a dh'ith mi a-riamh.' Thòisich stamag Anna a' rùcail. 'S dòcha gum faigheadh i rola 's càise a bharrachd air na briosgaidean àbhaisteach). Thug i sùil gu sgiobalta air na naidheachdan a bha an Griod air cruinneachadh dhi: bha tè air an robh i eòlach air tarraing a-mach às na rèisean mòra am-bliadhna, agus i a' dol a bhith na màthair; bha luchd-saidheans air an stèisean-fhànais WhiteJuday ag ràdh gun robh na deuchainnean as ùire aca air a bhith soirbheachail, agus gun robh iad an dùil nach biodh e fada gus am biodh long-fhànais ann a bhiodh comasach Alpha Centauri a ruighinn ann an cola-deug (carson, smaoinich Anna, a bha an turas bho Chaileasto dhan Talamh, fhathast a' toirt trì seachdainean ma-thà?); bha an Griod a' moladh gun deigheadh trì sgìrean ùra a chruthachadh anns a' Bhaile, agus an àireamh de dhaoine a' fuireach air Caileasto fhathast a' dol suas (chomharraich Anna gun robh i taiceil dhan mholadh agus chaidh sin a chlàradh leis na bhòtaichean aig daoine eile – bha i cinnteach gun deigheadh e troimhe); agus bha muinntir Europa air tòiseachadh air duilleasg ùr fhàs air uachdar nan cuantan mòra fuara an sin, 's iad cinnteach a-nist nach dèanadh e cron sam bith air na meanbhagan tùsanach a bha beò air bonn na mara.

'Sin thu!' Bha fear a' tighinn ga h-ionnsaigh, 's e ann an deise agus ad liath ann an stoidhle nan 1940an.

'Sin thu Vito,' ars Anna. 'Suidh sìos. Dè ghabhas tu?' Dh'fhalbh an sgàilean air an robh Anna a' leughadh nan naidheachdan.

'Tha i agam,' thog am fear cupan beag. 'Tè bheag dhubh mar as àbhaist.'

Bhiodh Anna a' coinneachadh ri a caraid Vito Bellamy sa chafaidh seo gach madainn Diciadain 's Disathairne. Fear-tasglainn a bh' ann, a bhiodh a' sgrìobadh tron t-saoghal mhòr dhidseatach, a' feuchainn ri rudan ùra ionnsachadh bhon stòras mhòr fhiosrachaidh a bha mòran ghinealachdan air a chur ris. Dhan mhòr-chuid, bha e gu leòr dhaibh prògram-sgrùdaidh àbhaisteach a chleachdadh – le taic bhon Ghriod – gus fios fhaighinn air rud sam bith a bha inntinneach dhaibh. Ach nan robh thu airson rudan neo-àbhaisteach a lorg, bha agad ri prògram sònraichte a chruthachadh, a rachadh gu àitichean a bha gu ìre am falach ann an stòr-dàta air choreigin nach robh daoine a' cleachdadh cho tric. Sin a bhiodh Vito a' dèanamh. Agus aig amannan bhiodh e ag obair còmhla ri Anna gus rudan ùra a lorg a bheireadh sealladh ùr dhi air eachdraidh.

Duine caran goirid 's reamhar a bh' ann. Agus cha robh na briogaisean a bha mar phàirt dhen deise aige ga chuideachadh idir, agus an crios aige cha mhòr air a bhroilleach. Bha cuid ag ràdh gur e duine neònach, crosta a bh' ann an Vito, ach bhon a choinnich Anna ris 'son a' chiad uair o chionn ceithir bliadhna, bha an dithis air a bhith gu math faisg.

Shuidh Vito sìos air beulaibh Anna.

'Ciamar a tha Bana-phrionnsa na Danmhairg an-diugh?' dh'fhaighnich e.

'Ò, tha fhios agad fhèin. Cho luath 's a tha mi air aontachadh air cuspair, bidh teagamhan a' nochdadh.'

'Uill feumaidh tu co-dhùnadh a ruighinn uaireigin mo Hamlet bheag bhòidheach. Tha na seachdainean a' dol seachad gu luath. Cha bhi thu cho brèagha 's cho cliùiteach gu bràth.'

'Och tha fhios a'm. Bliadhna no dhà eile agus bidh mi a' dol timcheall còmhla riutsa ann an dreasa gheal shìoda mar Laura Bacall.'

'*Lauren*. Lauren Bacall. Abair gur e sgoilear a th' annadsa.'

'Lauren uill. B' urrainn dhan dithis againn an còrr

dhe ar beatha a chosg a' leigeil oirnn gu bheil sinn sa *Mhaltese Falcon.*'

Leig Vito a-mach osna. 'Cha robh Lauren Bacall anns a' *Mhaltese Falcon.* Mura bheil eòlas agad air na bheil thu ag ràdh, cùm sàmhach.'

'Ò, cumaidh! Cumaidh gu dearbh!' Thionndaidh Anna air falbh, a' coimhead a-mach air na loidhnichean uaine a bha fòdhpa. Bha fearg oirre, ach bha sin dìreach mar shlige, agus am broinn sin bha bròn agus – gu ìre – feagal 's iomagan mu a beatha-obrach.

'Och a charaid, tha mi duilich,' thuirt Vito. 'Na tòisich an latha mar seo. Tha fios agam gu bheil cùisean caran doirbh dhut na làithean sa.' Chuir Vito a làmh air làimh a charaid agus thionndaidh i thuige.

''S mise a tha duilich Vito. Tha fios a'm gun robh thu a' feuchainn a bhith spòrsail. Ach tha mi dìreach… caran troimh-a-chèile air sgàth m' obrach.'

'Tha fios a'm, a charaid, tha fios a'm. Ach gabh balgam dhen chofaidh agad. 'S dòcha gu bheil preusant agam dhut. Tha mi air rudeigin inntinneach a lorg. Sgeulachd inntinneach.'

Chuir Anna sìos an cupan. Bha a sùilean soilleir a-nist.

'Dè? Dè tha thu air fhaighinn?'

'Uill… bha mi a' dol a thoirt an fhiosrachaidh dhut aig dinnear a-màireach ach… Inns dhomh. A bheil thu air càil a-riamh a chluinntinn mu dheidhinn an rud seo – an cailèideascop?'

'Cailèideascop. Dèideag a bh' ann nach b' e? Rud airson clann?'

'B' e sin a bh' ann. Ach bha e fada nas motha na

sin cuideachd, tha e coltach. Trobhad.' Sheas Vito. 'Cur crìoch air a' chofaidh sin, 's thig còmhla rium.'

Air cùl doras le glainne cheòthach, agus 'Vito C. Bellamy Neach-rannsachaidh Prìobhaideach' sgrìobhte air, bha oifis bheag, an àirneis uile ann am fiodh. Dà dheasg mòr, fear mu choinneamh an dorais, agus fear eile air an taobh cheart, air beulaibh dà uinneig air an robh cùirtearan. Ri taobh an deasga sin bha sèithear donn leathar, agus cèis-leabhraichean air cùlaibh sin. Bha brat-ùrlair ann, ann an seann stoidhle, le pàtran dearg 's donn air. Bha e coltach ris an oifis aig Philip Marlowe anns an fhilm *The Big Sleep* – am fear a chaidh a dhèanamh ann an 1946, le Humphrey Bogart 's Lauren Bacall. Bha Vito cracte air na nobhailean aig Raymond Chandler 's Dashiell Hammett – agus air na filmichean a bha stèidhichte orra.

Bha Vito 's Anna nan suidhe air cùl a' chiad deasga, a' coimhead air sgàilean a bh' air nochdadh os an cionn.

'Nist, tòisichidh sinn an seo,' arsa Vito. Chaidh a làmhan tron èadhar agus nochd prògram-sgrùdaidh àbhaisteach air an sgàilean.

'Thàinig am fireannach a bha seo thugam o chionn beagan mhìosan. Bha e airson dèideag a thoirt dhan nighinn bhig aige airson a co-là-breith, ach bha e ag iarraidh rudeigin a-mach às an àbhaist. Uill, thòisich mi a' sgrùdadh agus lorg mi seo.'

Bha an sgàilean a' sealltainn pàtran brèagha, dathach, ann an cruth reula, a bha ag atharrachadh fad an t-siubhail, ann an dòigh shlaodach, tharraingeach.

'Cailèideascop a tha sin, an e?' dh'fhaighnich Anna. 'Tha e brèagha ceart gu leòr.'

'Tha. Tha gu dearbh. Rud gasta a th' ann, gu h-àraid nuair a bhios tu a' smaoineachadh air an teicneòlas a chaidh a chleachdadh ann. Chan e a th' ann an seo ach sgàthanan agus pìosan beaga glainne.'

'Ceò 's sgàthanan,' ars Anna. 'Ciamar a tha e ag obair?'

'Seo e.'

Nochd planaichean air an sgàilean, a' sealltainn mar a chaidh an cailèideascop a chur ri chèile. Chaidh e na phìosan agus an uair sin thàinig na pìosan ri chèile a-rithist, pìos mu seach.

'Seadh,' ars Anna às dèidh greis. 'Tha mi a' tuigsinn. Gu ìre co-dhiù. Dèideag shnog. Ach carson a bhiodh e inntinneach dhòmhsa?'

'Fuirich ort, fuirich ort. Nist, bha mi airson barrachd fhaighinn a-mach mun fhear a chruthaich an cailèideascop. Brewster an t-ainm a bh' air. Bha e aig Oilthigh Dhùn Èideann san naoidheamh linn deug.'

'Tha sin… inntinneach.'

'Tha, nach eil? Doirbh prìomh fhiosrachadh fhaighinn bhon linn sin. Chaidh tòrr a chall ann an Linn nan Tuiltean. Ach chruthaich mi prògram-sgrùdaidh a bhiodh a' lorg stuth sam bith a' buntainn ris an oilthigh sin agus ris an fhacal 'cailèideascop'. Agus… uill… mar a thuirt thu, tha e inntinneach. Tha e a' tòiseachadh le òraid.'

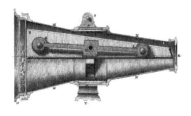

2

BHA VITO 'S ANNA nan suidhe ann an talla dorcha, agus àrd-ùrlar air am beulaibh. Air cùl an àrd-ùrlair bha bràiste mhòr agus na faclan 'Oilthigh Dhùn Èideann'.

'Nist, chaidh seo a chlàradh ann an 2019. Bha iad cho dèidheil air suaicheantasan sna làithean sin, nach robh?' arsa Vito.

'Ò, gu dearbha bha,' ars Anna. 'Bha e ag èirigh bhon t-siostam eaconamach aca tha mi a' smaoineachadh. Tha mi air rannsachadh a leughadh air sin. Ma tha thu a' dol a chumail rudeigin agad fhèin, feumaidh e a bhith follaiseach dhan a h-uile duine eile gur ann leatsa a tha e. Bratach, no bràiste, no ainm sgrìobhte air, no rudeigin.'

'Tha iad snog ge-tà. Na bràistean sin.'

'A bheil? Caran gòrach nam bheachd-sa.'

Bha dithis fhireannach a' coiseachd a-steach air an àrd-ùrlar. Thòisich na daoine a bha timcheall a' bualadh am basan. Thòisich Vito cuideachd.

'Bravo!' dh'èigh e. 'Encore!'

Thòisich Anna a' gàireachdainn. 'Sguir dheth,' ars ise.

Shuidh fear dhen dithis air sèithear ann am meadhan an àrd-ùrlair, agus chaidh fear eile dhan bhòrd-òraid. Os an cionn bha solais air an crochadh air crann mòr ann an diofar dhathan, ach aig an àm seo cha robh air ach an fheadhainn gheala.

Thòisich fear a' bruidhinn ann am Beurla.

'Feasgar math agus fàilte oirbh. Tha sinn gu math fortanach…'

'A Ghriod, air adhart leinn dhan ath chomharra…' arsa Vito.

Gu h-obann, bha an dithis fhireannach air na h-àitichean aca atharrachadh, agus 's e am fear a bha a' suidhe a bha a-nist na sheasamh aig a' bhòrd.

'Dìreach ro-ràdh a bha aig an fhear eile sin,' mhìnich Vito. 'Cha robh e inntinneach. Ceart. Seo agad An Dr Felix Nsekele bho Oilthigh Dhar es Salaam. Sòiseo-eòlaiche a th' ann.'

'…mar fhìor urram dhomh a bhith an seo aig Oilthigh Dhùn Èideann, àite cho cudromach san sgeulachd seo. Oir b' ann an seo, ann an 1793, a thòisich Sir Daibhidh Brewster a' faighinn eòlas air saidheans. B' ann anns a' bhaile seo, ann an 2015, a fhuair Angela Brown lorg air an rannsachadh as cudromaiche a rinn Brewster a-riamh. Agus b' ann an seo a chuir ise an rannsachadh gu feum, ann an dòigh a thug cruth-atharrachadh air an t-saoghal.'

Lean Dr Felix air: 'Rugadh Daibhidh Brewster ann an Jedburgh ann an 1781. Bha athair, Seumas, na Reachdaire aig Sgoil Ghràmair Jedburgh. Uile gu lèir, bha ceathrar mhac aig Seumas agus a bhean Mairead.

'Aig an àm sin ann an eachdraidh na h-Alba, bha an ceangal eadar foghlam agus an eaglais gu math follaiseach, agus nuair a chaidh Brewster a chur dhan oilthigh seo aig dìreach dusan bliadhna a dh'aois, bha làn dùil aig an teaghlach gur e ministear a bhiodh ann. Gu dearbh, bha triùir bhràithrean Dhaibhidh uile nan clèirich ann an Eaglais na h-Alba.

'Agus – mar a bha dùil – às dèidh dha ceumnachadh le MA ann an 1800, fhuair Daibhidh Brewster teisteanas mar mhinistear san eaglais. Ach, thathas a' tuigsinn gun robh e sa chùbainn dìreach aon triop a-mhàin na bheatha. Oir ged a bha facal Dhè cudromach dha Brewster, bha eòlas air cruinne-cè a' Chruthaidheir nas cudromaiche dha buileach.

'Nuair a bha Brewster aig an oilthigh seo, bha e eòlach air fear Seumas Veitch, a bha ainmeil ann an Dùn Èideann air sgàth an làn eòlais a bha aige air matamataig, reul-eòlas agus feallsanachd. Tha e coltach gun do dh'ionnsaich Brewster a cheart uimhir bho Veitch 's a dh'ionnsaich e san oilthigh, gu h-àraid mu dheidhinn nam prionnsapalan air cùl phrosbaigean, agus Veitch gu math cliùiteach airson a bhith a' togail nan innealan sin.

'Tha prosbaigean an urra ri sgàthanan, agus tro rannsachadh, mhothaich Brewster gun robh comas aig sgàthan pòlarachadh a thoirt air solas...'

'Fuirich, fuirich,' ars Anna. Stad am fear a' bruidhinn. Bha coltas caran neònach air, agus a bheul fhathast fosgailte. 'Chan eil mi a' tuigsinn seo.

'Pòlarachadh solais?'"

Leig Vito osna. 'Chan eil foighidinn nad nàdar idir Anna. Seall. Tha fios agad gum bi tonn na mara a' gluasad suas 's sìos?'

'Tha.'

'Uill tha solas na thonn cuideachd – tonn dealan-mhagnaiteach. Tha comas aig solas a bhith a' gluasad suas 's sìos, agus bho thaobh gu taobh cuideachd. Suas 's sìos: sin aon phòla. Taobh gu taobh: sin pòla eile.'

'Ceart.'

'Tha solas nàdarra – solas na grèine mar eisimpleir – a' gluasad ann an iomadh pòla; suas 's sìos, taobh gu taobh, dhan a h-uile àird. Le sin, chan eil pòlarachadh air. Ach tha dòighean ann buaidh a thoirt air solas gus am bi e a' gluasad ann an aon phòla a-mhàin, suas 's sìos, taobh gu taobh, no aig ceàrn sònraichte, no fiù 's ann an cearcall. Nist, nuair a tha sin ann – nuair a thathas air buaidh a thoirt air an t-solas san dòigh sin – tha sinn ag ràdh gu bheil pòlarachadh air an t-solas – gu bheil e pòlaraichte.'

'Seadh. Agus bha Brewster a' coimhead air seo? A' cleachdadh sgàthanan gus pòlarachadh a thoirt air an t-solas?'

'Dìreach. Agus thàinig an cailèideascop thuige ri linn an rannsachaidh a bha e a' dèanamh air sin. Tha e agad. Cha robh sin cho doirbh, an robh?'

'Ach dè feum a th' ann am pòlarachadh solais? Carson a bhiodh tu airson a dhèanamh?'

'Uill, nuair a tha thu a-muigh bhon Bhaile, tha deise-fhànais ort, nach eil? Agus nuair a bhios tu a' coimhead tron chlogaid, tha rudeigin sa ghlainne a bhios a' toirt pòlarachadh air an t-solas gus cuid dhe na tuinn a chumail air falbh bho do shùilean. Mura robh sin ann, bhiodh tu dall sa bhad. Tha pòlarachadh deatamach ann an leusaran agus hoileagraman mar seo cuideachd. Agus bidh sinn ga chleachdadh gus sgrùdadh a thoirt air moileciuilean aig ìre gu math mionaideach.'

'Math fhèin. Feumail ma-thà.'

'Gu math feumail. Agus b' e am fear seo Brewster a lorg an toiseach na diofar dhòighean gus solas pòlaraichte a chruthachadh agus a chur gu feum. Ceart?'

Chuir Anna a-mach a teanga, le gàire.

'Gu math brèagha a ghràidh,' arsa Vito, agus an uair sin: 'Dhan an ath chomharra agus cluich!'

Bha leum beag ann an ìomhaigh Dr Felix, agus thòisich e a' bruidhinn a-rithist.

'Rinn Brewster cliù dha fhèin na bheatha. Fhuair e ceum mar Dhotair Litrichean bho Oilthigh Obar Dheathain. Chaidh a thaghadh mar bhall le Comunn Rìoghail Lunnainn agus le Comunn Rìoghail Albannach nan Ealain. Fhuair e àite mar Ridire ann an 1831. Tron bheatha-obrach aige, bhuannaich Brewster a' Bhràiste Copley, a' Bhràiste Rumford, a' Bhràiste Rìoghail agus an Duais Cè – agus sin dà thriop. Bha e ainmeil airson a bhith a' cruthachadh mheidhean-pòlarachaidh, airson na rinn e gus taighean-solais a dhèanamh nas èifeachdaiche, airson an steroscop – a thug cothrom do dhaoine dealbhan fhaicinn ann an 3D 'son a' chiad uair a-riamh – agus, gu dearbh, airson a' chailèideascoip.'

'À,' ars Anna. 'An cailèideascop. Seo sinn mu dheireadh thall.'

'Foighidinn Anna. Foighidinn,' arsa Vito.

'Mus d' fhuair Angela Brown lorg air na notaichean ainmeil aig Brewster,' arsa Dr Felix, 'b' e an eachdraidh a bh' againn gun do thòisich e ag obair air a' chailèideascop ann an 1815. Bha e a' coimhead air mar inneal-saidheansail, a bhiodh a' toirt tuigse nas fheàrr do dhaoine air ath-thilgeadh agus ath-bhriseadh solais.

'Nochd an cailèideascop dhan phoball ann an 1817 nuair a thàinig Brewster gu aonta le fear Philip Carpenter aig an robh factoraidh ann an Lunnainn. Cho luath 's a chunnaic daoine an cailèideascop, bha iad air am beò-ghlacadh leis. Reiceadh còrr 's 200,000 cailèideascop ann an Lunnainn agus Paras ann an dìreach trì mìosan. An uair sin, thòisich iad gan dèanamh sna Stàitean Aonaichte, agus an uair sin air feadh an t-saoghail. Mhothaich luchd-gnìomhachais gum b' urrainn dhaibh an dèanamh le stuth nas saoire na bha Brewster 's Carpenter a' cleachdadh, agus thòisich iad gan reic mar dhèideag do chloinn.

''S coltach gun robh dùil aig Brewster gun dèanadh e airgead mòr às a' chailèideascop, ach chaidh mearachd a dhèanamh san dòigh san deach am peutant aige a chlàradh, agus, le sin, bha làn chead 's chomas aig daoine na prionnsapalan a chleachdadh gun a bhith a' pàigheadh càil sam bith dha Brewster air an son. Sgeulachd bhrònach. Ach cha robh fios againn gus an d' rinn Angela Brown rannsachadh air a' chùis, dè cho brònach 's a bha e.'

'Stad,' ars Anna. 'Cò an tè seo 'Brown'?'

'Chan eil mi cinnteach,' arsa Vito. 'Tha fiosrachadh a bharrachd oirre nas fhaide air adhart san òraid seo le Dr Felix, ach chan e sgeulachd shlàn a th' aige. Tha e mar gun robh fios aig a h-uile duine san èisteachd cò i agus dè rinn i, agus nach robh aige ri tòrr mìneachaidh a thoirt seachad oirre. Tha e follaiseach gun d' fhuair i lorg air notaichean bho Bhrewster air nach robh duine sam bith eòlach roimhe. Tha e follaiseach gun robh na notaichean sin a-mach air cailèideascop, ach cha b' e cailèideascop dhen t-seòrsa air an robh daoine eòlach roimhe. Agus tha e follaiseach – mar a thuirt Dr Felix – gun tug sin cruth-atharrachadh air an t-saoghal. Ach ciamar? Sin a' cheist. Chan eil na freagairtean uile rim faighinn san òraid. Tha mi air sgrùdadh a thòiseachadh ach chan eil mòran air nochdadh fhathast. Mar a thuirt thu, chaidh tòrr a chall bho na linntean sin.'

'Hmm,' ars Anna. 'Am faod mi sùil a thoirt air a' phrògram-sgrùdaidh agad? 'S dòcha gum b' urrainn dhomh cuideachadh leis.'

'Sin an dearbh rud a bha mi a' dol a dh'fhaighneachd dhìot. Tha e inntinneach dhut, a bheil?'

'Tha e inntinneach. Gu math inntinneach. Ach neònach cuideachd. Sgeulachd am broinn sgeulachd, agus fiù 's ged a chaill sinn tòrr a chaidh a chlàradh sna bliadhnaichean sin, shaoileadh tu nan robh 'cruth-atharrachadh' air tighinn air an t-saoghal air sgàth a' chailèideascoip a tha seo, gum biodh e san tasglann an àiteigin.'

'Gu dearbha,' arsa Vito. 'Tha mi toilichte gu bheil e tarraingeach dhut. Tha mi a' faicinn coltas an t-sealgair a' tighinn ort. Tha Hamlet air tighinn gu co-dhùnadh!'

''S dòcha gu bheil, Horatio. 'S dòcha, gu bheil.'

Chan ann tric a bhiodh Anna a' coiseachd air talamh Chaileasto – uair sa mhìos 's dòcha. Bha agad ri deise-fhànais a chur ort agus cead a thoirt dhan Ghriod sùil a chumail air càit an robh thu a h-uile diog, air eagal 's gun èireadh rudeigin dhut 's tu air falbh bho shàbhailteachd a' Bhaile. Bha e na dhòrainn gu ìre.

Ach nuair a bha thu a-muigh, dhìochuimhnicheadh tu sin sa bhad. Air Caileasto, bha na h-àitichean-fuirich uile bhon talamh, 's mar sin bha thu a' coiseachd ann an àite far nach robh sgeul air obair mhic-an-duine. Bha uachdar na gealaich mar a bha e o chionn mìltean 's mìltean de bhliadhnaichean. Bòil nam mìltean, beag agus mòr. Bòil am broinn bhòil am broinn bhòil – samhla gun robh latha ann nuair a chaidh a' ghealach a bhualadh cho tric 's gum feumte gun robh e mar gun robh cabhlach a' losgadh oirre le rocaidean. Aig amannan chitheadh tu meatoraidean nan laighe air an talamh, pìosan beaga de chlachan fada nas motha a chaidh a ghlacadh le iom-tharraing Chaileasto o chionn bhliadhnaichean air ais.

Ann an àitichean ge-tà, cha robh sgeul air bòl sam bith; bha an talamh rèidh agus gun thruailleadh air. Aig amannan, bha na pìosan rèidhe seo a' coimhead dorcha – creag a bha nas ùire na na pìosan talmhainn eile. Agus an siud 's an seo – gu h-àraid anns na bòil – bha pìosan ann a bha rèidh agus geal, 's iad air an còmhdachadh le deigh.

Bhiodh Anna gu tric a' coiseachd gu pìos rèidh geal mar sin a bha mu cheud cilemeatair air falbh bhon Bhaile. 'Bent' an t-ainm a bh' air. Seo an t-aon àite far an robh comharra ann gun robh daoine air Caileasto – a' chiad àite far an tàinig iad gu tìr ann an 2071. Bha an long-fhànais fhathast an sin mar chuimhne air an turas eachdraidheil, 's i air a còmhdachadh ann am film sònraichte a bha ga dìon bhon rèidio-beò agus bhon fhuachd: anns an àbhaist bha e mu -140 puing Celsius air uachdar na gealaich.

Agus b' e an t-adhbhar a bu mhotha gun robh Anna 's daoine eile a' dol a-mach gu uachdar na gealaich, ged a bha e na dhragh, Iupatar, a' mhòr-phlanaid bhrèagha sin a bha gu sìorraidh na suidhe an aghaidh dorchadas an fhànais. Iupatar an uile-dhathach. Am Bodach; an-còmhnaidh ag atharrachadh, leis na stoirmean mòra eagalach a bhiodh a' gluasad tro ghasaichean na planaid. Eireachdail. Sìtheil. Cumhachdach. Fada, fada, fada nas motha san iarmailt na bhiodh an Talamh a' coimhead bhon Ghealaich an sin. Ann an Siostam na Grèine air fad, cha robh sealladh nas fheàrr na Iupatar bho Chaileasto. Uill, 's dòcha gum biodh beachd eile aig na daoine air Taidhtean, agus fàinneachan Shatairn os an cionn, ach dha Anna, cha robh dad ann a sheasadh ris na dathan brèagha air Iupatar.

Bha cola-deug air a dhol seachad on a thòisich Anna 's Vito a' coimhead airson fiosrachadh a bharrachd air Angela Brown agus air a' chailèideascop. Chuidich Anna Vito nuair a bha e a' toirt a-steach stèidhean sgrùdaidh dhan phrògram-rannsachaidh – rudan mar fhacail, 's chinn-latha, 's ainmean dhaoine – a bhiodh ga chuideachadh ann a bhith a' lorg stuth a bha freagarrach, a-mach bhon chuan mhòr de dhàta a bha sa Ghriod 's ann an àitichean eile. Ach chun na h-ìre sa cha robh càil air nochdadh. Le gach latha dh'fhàs an-fhois nas motha ann an Anna.

Ach bha i a' faireachdainn fada nas fheàrr a-nist, às dèidh dhi beagan ùine a chur seachad ri taobh làrach na luing-fhànais, na laighe a' coimhead suas air Iupatar agus air a' Ghrèin, a' gabhail biadh agus deoch uisge bho na tiùbaichean am broinn a clogaid. Cuirm-chnuic am measg nan reultan. Ach a-nist, bha i a' dèanamh dhachaigh, a casan a' gluasad san dòigh àbhaisteach do mhuinntir Chaileasto nuair a bha iad a' siubhal air an talamh – an Leum Cangarù.

Bha a h-uile duine a' gluasad san dòigh seo nuair a bha iad a' siubhal astar air uachdar na gealaich. Bhiodh iad a' cumail an casan ri chèile agus an uair sin gan gluasad air adhart agus suas, ann an dòigh shlaodach, chiùin. Ann an diog no dhà, bhiodh tu aig a' phuing as àirde dhen leum agad, agus bhiodh iom-tharraing lag Chaileasto gad thoirt air ais dhan ghrunnd, ach gu slaodach, le cumhachd a bha na ochdamh pàirt dhen chumhachd a bhiodh aig iom-tharraing air an Talamh. Agus nuair a thuiteadh tu sìos, bhiodh tu a' gluasad do chasan bho do chùlaibh gus an robh iad air do bheulaibh, deiseil airson nuair a thigeadh tu gu tìr. An uair sin, bhiodh tu a' leum a-rithist, air adhart agus a-nuas, dìreach mar changarù. Nuair a bha thu ga dhèanamh ceart, bha an

Leum Cangarù a' toirt ort smaoineachadh gun robh thu a' sgèith, mar nach robh iom-tharraing ann idir.

Bha liut ann ge-tà, agus aithnichidh tu feadhainn bho àitichean far an robh iom-tharraing nas làidire ann – bhiodh iad gu math neònach grànda a' coimhead, an coimeas ri muinntir Chaileasto a bha cho cleachdte ris. Bha agad cuideachd a bhith faiceallach air càit an robh thu a' cur do chasan nuair a bha thu a' tighinn faisg air an talamh a-rithist. Bha cunnart ann gun tuiteadh tu, agus nan tachradh sin bhiodh tu a' dol astar fada aig astar luath mus b' urrainn dhut stad, a' bualadh an aghaidh nam bòl agus nan creagan. Cha robh e cho cunnartach, leis gun robh na deiseachan-fànais cho làidir, agus leis gun robh an Griod a' cumail sùil ort a h-uile diog. Cha robh cuimhne aig daoine cuin mu dheireadh a dh'èirich fìor thachartas cunnartach do neach nuair a bha iad a-muigh. Ach nas fheàrr an-còmhnaidh a bhith faiceallach 's dìcheallach.

Cha robh a-riamh trioblaid sam bith aig Anna. Cha robh i cho math air an Leum Changarù ris an fheadhainn a bhiodh a' gabhail pàirt sna rèisean mòra, ach bha i fada nas fheàrr na a' mhòr-chuid. Bha e nàdarra dhi.

Bha i na leum a-nist, gun a bhith a' smaoineachadh cus mu dheidhinn – a' coimhead suas air Iupatar agus a' feuchainn ri cuimhneachadh air cuid dhe na h-ainmean eadar-dhealaichte a bh' aig daoine air a' phlanaid. Jupitero anns a' Chànan Choitcheann – a bha stèidhichte air seann Esperanto agus a chaidh a chleachdadh leis a h-uile duine, a bharrachd air iomadh cànan eile a bha air an cleachdadh air feadh Siostam na Grèine.

Jùpiter a bh' aca ann an Spàinntis, leis an fhuaim 'ch' an toiseach agus 'u' fada ann. Giove ann an Eadailtis. Jowiza ann am Pòlainnis. Zeus sa chànan Ghreugach.

Agus an uair sin, thàinig beachd thuice.

'A Ghriod. Cuin a bhios mi ruighinn dhachaigh?'

Nochd guth socair boireann ann an clogaid Anna. 'Aig an astar seo Anna, bidh thu aig Port a' Bhaile ann an trì mionaidean air fhichead.'

Bhiodh an Griod a' bruidhinn ri daoine eadar-dhealaichte ann an guth a bha sònraichte dha na daoine sin, agus le pearsantachd a bha cuideachd sònraichte dhaibh, a chaidh a chur ri chèile leis a' Ghriod fhèin, agus a bha stèidhichte air na diofar iarrtasan agus dòighean-cleachdaidh a bh' aig daoine thar nam bliadhnaichean. Bhiodh an algairim a bha a' riaghladh na pearsantachd sin an-còmhnaidh ag ionnsachadh agus ag atharrachadh, a' feuchainn ri coltas nas fheàrr a dhèanamh, a bhiodh freagarrach 's cuideachail do gach neach fa leth a bha ga cleachdadh. Dha Anna, bhiodh an Griod a' bruidhinn le guth tè na meadhan-aois agus ann an dòigh gu math dìreach 's proifeiseanta, gun tòrr còmhraidh no fealla-dhà. Chan ann mar sin a bha an Griod nuair a bhruidhneadh e ri Vito. Bha e an uair sin mar lethbhreac pearsantachd an duine fhèin, fireannach làn fealla-dhà 's spòrs.

'Mòran taing a Ghriod,' ars Anna. 'A bheil càil san leabhar-latha aig Vito ann an uair a thìde?'

'Chan eil Anna.'

'Glè mhath. An cuireadh tu teachdaireachd thuige, ag ràdh gum bi mi san oifis aige an uair sin.'

'Dèante.'

'Tapadh leat.'

Choimhead Anna sìos agus i a' tighinn faisg air an talamh. Thog i a casan rud beag gus faighinn air falbh bho chreig a bha na laighe air. Agus an uair sin, chuir i iad sìos dhan talamh le brag, agus thòisich i ag èirigh a-rithist, a h-aodann a' tighinn criomag bheag nas fhaisge air Iupatar, agus an t-Sùil Mhòr a' coimhead sìos oirre, a' tionndadh 's a' tionndadh gun sgur.

'Seall air na th' agam dhutsa, mo nighean cho glic!'

Bha Vito a' tighinn a dh'ionnsaigh Anna, 's i na suidhe sa chafaidh trì latha às dèidh an turais aice air uachdar na gealaich. Latha a bha sin, mhìnich i do Vito dè bha air tighinn thuice.

'Bha mi a' coimhead air A' Bhodach, agus a' smaoineachadh mu dheidhinn cànain eadar-dhealaichte. 'S cinnteach gun robh mion-chànain aca ann an Dùn Èideann aig an àm sin. Agus chan eil sinn air an fhiosrachadh sin a thoirt a-steach air a' phrògram-sgrùdaidh…'

'Chan eil,' arsa Vito. 'Bha sinn a' coimhead ann am Beurla 's anns a' Chànan Choitcheann. Deagh bheachd. Dè na cànain eile a bha a' dol?'

'Dh'iarr mi am fiosrachadh sin bhon Ghriod. Seall.'

Ghluais Anna a làmhan agus nochd sgàilean san adhar.

'Bha Gàidhlig dùthchasach,' arsa Vito, 'agus

Albais de dhiofar seòrsa cuideachd. Agus tòrr eile a bha daoine a' bruidhinn ach nach robh dùthchasach – Panjabi, Ùrdu, Pòlainnis, Fraingis – tòrr dhiubh. Ceart. Bheir mi leudachadh air na stèidhean-sgrùdaidh, agus chì sinn dè thachras...'

Agus feumaidh gun robh rudeigin air nochdadh, agus coltas cho toilichte air Vito. Bha deise ghorm air, le ad ghorm air an robh ite mhòr gheal.

Thòisich Vito a' seinn 's e a' seasamh air taobh eile a' bhùird bho Anna, a làmhan fosgailte.

'*Thig thugainn, thig cò' rium gu siar...*'

'Dè fon Bhodach a tha thu a' seinn an sin? Nach ist thu? Suidh sìos.'

'Òran Gàidhlig a tha sin, m' eudail. Tha mi air a bhith ga rannsachadh. Seann chànan brèagha, làn òran 's dualchais. Bidh na milleanan fhathast ga bruidhinn ann an Eileanan a' Chuain Shiaraich, agus àitichean eile far an deach daoine bhon sgìre a dh'fhuireach còmhla.'

'Agus tha thu air rudeigin a lorg ann an Gàidhlig mun chailèideascop, a bheil?'

'Tha gu dearbh, mo nighean bheag ruadh, mo ghaisgeach na h-eachdraidh.' Bhiodh clisg an-còmhnaidh a' tighinn air Vito nuair a bha e san ruaig.

'Gabh deoch ma-thà agus inns dhomh dè th' agad. Teatha mionnt 's dòcha Vito, an àite cofaidh. Cha dèan an caifein feum dhut tha mi a' smaoineachadh.'

'Teatha na galla,' arsa Vito. 'Uisge-beatha dhòmhsa!'

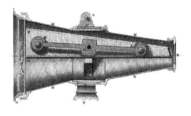

3

BHA IAD SAN t-seòmar-shuidhe aig Anna. Dh'iarr Anna air Vito a thighinn ann gus drama a ghabhail, ach leis an fhìrinn innse bha i airson faighinn air falbh bho dhaoine eile 's e ann an staid cho glòrmhor.

'Angela Neech Ella Wine,' arsa Vito. 'Tha mi a' smaoineachadh gu bheil thu ga ràdh mar sin co-dhiù. A Ghriod?'

'NicIlleDhuinn, Vito,' bha an Griod a' bruidhinn bho uaireadair a bh' air làimh dheis Vito, ann an guth gu math coltach ri guth an duine fhèin. 'Angela NicIlleDhuinn.'

'Glè mhath. Taing mhòr. Angela NicIlleDhuinn – sin Angela Brown sa Ghàidhlig. Seo dhut cunntas-beatha.'

Nochd sgàilean air am beulaibh, le dealbh tè òig air. Falt donn cuaileanach oirre, sìos air a guailnean, agus sùilean mòra gorma cuideachd. Bha Angela NicIlleDhuinn gu math tarraingeach, bòidheach.

'Rugadh i ann an 1984 ann an Glaschu, ach

chaidh i dhan sgoil anns an Eilean Sgitheanach. Tha an t-eilean sin fhathast ann, a dh'aindeoin nan Tuiltean. An uair sin, Oilthigh Dhùn Èideann far an d' fhuair i ceum ann an innleadaireachd agus coimpiutaireachd.'

'Cò às a tha am fiosrachadh seo a' tighinn?' dh'fhaighnich Anna.

'Bho Oilthigh na Gàidhealtachd 's nan Eilean. Sin àite a chaidh a chur air dòigh aig deireadh an 20mh linn. Bha diofar cholaistean mar phàirt dheth, nam measg colaiste na Gàidhlig, Sabhal Mòr Ostaig. Fhuair am prògram-sgrùdaidh lorg air stòr-dàta an oilthigh nuair a chaidh na stèidhean ùra a thoirt dha.'

'Agus fhuair thu grèim air an fhiosrachadh seo mu Angela. Math fhèin Vito.'

'Ò, fhuair mi grèim air nas motha na sin, Anna. Fhuair mi grèim air na notaichean aig Brewster, agus air clàradh a rinn Angela, a' mìneachadh ciamar a fhuair i grèim orra agus dè rinn i leotha.'

'Cha d' fhuair,' ars Anna.

'Ò, 's mi a fhuair, Anna.' arsa Vito le gàire. 'Nach eil thu fortanach gu bheil caraid agad a tha cho èasgaidh, 's làn tàlaint? Fàgaidh mi thu an-dràsta, agus gheibh thu cothrom sùil a thoirt air an stuth.'

Ghluais Vito a làmhan, agus nochd doras air an sgàilean, coltach ri doras na h-oifis aige. Ach sgrìobhte air a' ghlainne bha na facail 'Pròiseact Cailèideascoip'. Dh'fhosgail e an doras agus chaidh e a-steach air an oifis agus chun deasga aige. An sin, bha diofar phasganan nan laighe, nam measg, fear air an robh sgrìobhte 'Angela Brown / NicIlleDhuinn'.

'Mholainn ort tòiseachadh leis a' chlàradh seo aig Angela,' arsa Vito. 'Chaidh a chlàradh ann an Gàidhlig, ach tha an Griod air eadar-theangachadh a dhèanamh dheth. Bha rud no dhà ann far an robh ceist mu na bha i a' ciallachadh, ach fhuair mi cuideachadh leis na pìosan sin bho dhaoine san Lìonra Acadaimigeach, fear òg à Obar Dheathain gu h-àraidh.'

'An tug thu lethbhreac dhen fhiosrachadh seo dhaibh?' dh'fhaighnich Anna.

'Cha tug. Fhuair mi am fiosrachadh bhon Ghriod. Tha e an sin ri lorg do dhuine sam bith, agus le sin cha robh agam ri aire dhaoine a tharraing thuige. Nan robh mi a' lorg cuideachadh bho dhaoine eile mu dheidhinn fiosrachadh nach robh air a' Ghriod mar-thà, sin rud eile. Bhiodh agam ris an fhiosrachadh fhoillseachadh gu poblach gus an robh e ri fhaighinn leis a h-uile duine. Ach tha an stuth seo agadsa a-mhàin airson greis, gus a bheil thu deiseil leis. Gur math a thèid leat!' arsa Vito, 's e a' fàgail an t-seòmair.

'Tapadh leat Vito,' ars Anna. Thionndaidh i air ais dhan sgàilean agus dh'fhosgail i am pasgan.

bellamyv0621710001>projektdosieroj>bahia>kalejdoskopo>
angela^brown^nicilledhuinn>registadoj>registado1

Bha tè òg na suidhe ann an seòmar, le tòrr sgeilfichean air a cùlaibh air an robh leabhraichean. Feumaidh gun robh uinneag air taobh clì a' bhoireannaich, oir bha solas na grèine a' laighe nas motha air an taobh sin dhen aodann aice. Bha coltas sgìth oirre.

Thionndaidh i air falbh rud beag agus ghabh i deoch bho mhuga. An uair sin, choimhead i air ais air an sgàilean. Thòisich i a' bruidhinn.

'Madainn mhath. Tha mi airson 's gum bi clàr ann air na tha air tachairt dhomh sna mìosan às dèidh an reifreinn, agus gu h-àraid mu dheidhinn a' Chailèideascoip. Tha mi a' clàradh ann an Gàidhlig, leis gu bheil mi 'n dòchas gun dèan sin cùisean nas dorra dhan fheadhainn a tha air a bhith às mo dhèidh. Agus leis gu bheil mi a' smaoineachadh gu bheil e freagarrach. Tha mi air bruidhinn ris na daoine san leabharlann aig Sabhal Mòr Ostaig, agus tha iadsan a' dol a chumail a' chlàraidh seo san tasglainn aca, a bharrachd air lethbhreac didseatach a tha mi air a dhèanamh dhe na leabhraichean aig Brewster.

''S mise Angela NicIlleDhuinn, no Angela Brown mar a tha e sa chànan eile. Rugadh mi ann an Glaschu aig Ospadal an Ruaidh Ghlinne ann an 1984. Bha mo phàrantan, Pàdraig agus Sìne, nan tidsearan. Bha an dithis aca air Gàidhlig ionnsachadh aig Oilthigh Dhùn Èideann, agus 's ann an sin a choinnich iad sa chiad dol-a-mach.

'Nuair a bha mi ceithir bliadhna dh'aois, ghluais sinn gu Slèite. Fhuair mo mhàthair obair aig Sabhal Mòr Ostaig, agus thòisich m' athair air obair-rannsachaidh, a' toirt sùil air co-obrachadh eadar Gàidheil na h-Èireann agus Gàidheil na h-Alba fhad 's a bha Strì an Fhearainn a' dol. Bha e cuideachd a' teagasg pàirt-ùine aig Bun-sgoil Shlèite, far an robh mise nam sgoilear. Bha e gam theagasg fhìn airson greis. Bha e cho math mar thidsear, agus tha fhathast.

'Chaidh mi gu Àrd-sgoil Phort Rìgh agus leis gun d' rinn mi math air saidheans 's matamataig, chodhùin mi gun robh mi gu bhith nam innleadair, rud a bhiodh a' toirt cothrom dhomh a bhith a' siubhal agus a' lìonadh beàrn far an robh tuilleadh bhoireannach a dhìth orra. Sin a rinn mi, agus fhuair mi ceum aig Oilthigh Dhùn Èideann mar a rinn mo phàrantan.

'Tha ùidh a-riamh air a bhith agam ann an coimpiutairean cuideachd. Anns a' cheum agam, dh'ionnsaich mi tòrr mu na diofar phasganan bathar-bog a thathas a' cleachdadh ann an obair-innleadaireachd, ach bha mi airson a bhith a' cruthachadh bathar-bog, a bharrachd air a bhith ga chleachdadh. Le sin, rinn mi cùrsaichean coimpiutaireachd aig an oilthigh cuideachd, ged a bha agam ri beagan strì a dhèanamh gus cead fhaighinn sin a dhèanamh.

'Às dèidh an oilthigh, thòisich mi ag obair aig companaidh a thug cothrom dhomh obair-dealbhachaidh a dhèanamh ann am Madrid. Chòrd na làithean sin rium gu mòr. Bha mi ag obair air diofar phròiseactan, bho a bhith a' togail siostam-rèile ann an Saudi Arabia, gu dam mòr san Ruis. Agus tha Madrid agus an dòigh-beatha a th' aca an sin dìreach sgoinneil.

'Aig an àm sin, chaidh mi an sàs cuideachd ann an 'obair-lann fhosgailte' – OpenLab Madrid. Sin àite far am biodh daoine a' cruinneachadh gus innealan ùra a chruthachadh, a' cleachdadh teicneòlas fosgailte, mar chlò-bhualadairean 3D a thathas a' ruith le bathar-bog fosgailte. Tha tòrr obair-lannan fosgailte ann air feadh an t-saoghail. Bhithinn-sa a' dol ann dìreach airson cuideachadh a thoirt do dhaoine. Ma tha thu a' dol a chleachdadh clò-bhualadair 3D mar eisimpleir, feumaidh dealbhan ceart a bhith agad, gus am bi fiosrachadh ceart aig a' choimpiutair dè tha thu ag iarraidh bhuaithe. Cuideachd, bidh thu airson deuchainnean didseatach a thoirt air an structair a tha thu a' dèanamh, gus dearbhadh gum bi an rud ag obair mar bu chòir, mus tèid a chruthachadh dha-rìribh. Stress tests 's a leithid. Ma tha dealbhan ceart agad, gabhaidh a h-uile rud sin a dhèanamh air coimpiutair.

'Co-dhiù. Bha e mar gun robh dà bheatha agam. Tron latha, bhithinn ag obair aig companaidh mhòr a' cleachdadh bathar-bog coimeirsealta, ag obair air pròiseactan mòra a chaidh a thogail le crèadh 's stàillinn. Air an fheasgar, bhithinn gu tric san obair-lann fhosgailte, a' cleachdadh bathar-bog fosgailte agus a' toirt cuideachadh do dhaoine a bha ag obair air rudan beaga a chaidh a chruthachadh ann am plastaig le clò-bhualadair 3D.

'Dh'ionnsaich mi Spàinntis agus bha ùidh mhòr agam anns na bha a' dol ann am poilitigs. Bha cùisean doirbh do mhòran aig an àm sin le staing an ionmhais a' bualadh air an eaconamaidh 's tòrr dhaoine a' call an cuid cosnaidh. Tha cùisean doirbh fhathast. Theich cuid dhe na caraidean air an robh mi eòlach bhon obair-lann. Chaidh iad gu Lunnainn no dha na Stàitean a' feuchainn ri obair fhaighinn.

Ach bha iadsan òg agus bha sgilean aca. Bha mòran eile ann nach robh cho fortanach. 'S dòcha gun robh teaghlach aca agus cha robh cothrom ann dhaibh a dhol thall thairis 'son obair. Bha aca ri fuireach ann an dòchas gum fàsadh cùisean na b' fheàrr.

'Bha mise fortanach, oir ged a bha an oifis agam ann am Madrid, bha a' chompanaidh agam ag obair air feadh an t-saoghail. Le sin, cha robh staing an ionmhais a' bualadh oirre san aon dòigh 's a bha e a' bualadh air companaidhean a bha gu tur Spàinnteach. Bha mise sàbhailte gu leòr.

'Ach bha tòrr eile a' fulang. Dìreach mar eisimpleir, bha caraid agam Pablo, agus bha am banca a' feuchainn ri taigh a phàrantan fhaighinn air ais, leis gun robh athair air an obair aige a chall. Cha robh comas aige am morgaids a phàigheadh. Chaidh mi fhìn ann le tòrr eile agus chuir sinn stad air na daoine a bha a' feuchainn ri cuidhteas fhaighinn dhiubh. Bha tòrr dhen sin a' dol aig an àm – daoine a' tighinn còmhla gus cuideachadh a thoirt seachad do chàch a chèile. Bha bancaichean-bidhe ann, agus àitichean far am biodh daoine a' coimhead às dèidh chloinne fhad 's a bha pàrantan ag obair. Rudan beaga.

'Ach dhòmhsa bha e inntinneach – agus tha e inntinneach fhathast – an dòigh sa bheil rudan beaga a' tighinn ri chèile gus rudeigin mòr a chruthachadh. 'S dòcha leis gun robh mi ag obair le siostaman a h-uile latha, chunnaic mi an dòigh anns am biodh atharraichean mòra a' tighinn ri linn ghnìomhan beaga, gu h-àraid nuair a bha na rudan beaga sin uile air an ceangal ri chèile ann an lìonra. Thòisich mi a' smaoineachadh air na pròiseactan sin a bha daoine a' cur air dòigh anns an Spàinn, gus am biodh beatha air choreigin aca nuair nach robh an eaconamaidh a' toirt beatha dhaibh. Agus bha mi a' smaoineachadh cuideachd air bathar-bog fosgailte, a chaidh a chruthachadh san aon dòigh, leis na mìltean de dhaoine air feadh an t-saoghail ag obair taobh a-muigh na h-eaconamaidh gu saor-thoileach, a' togail rudeigin a bha saor agus saor 's an-asgaidh, ach a bha a cheart cho èifeachdach 's cho feumail ri bathar-bog coimearsalta.

'Bha sin uile nam inntinn nuair a bhuannaich an SNP an taghadh airson Pàrlamaid na h-Alba ann an 2012. Agus nuair a chaidh fhoillseachadh gun robh an reifreann gu bhith ann air an 18mh latha den t-Sultain 2014, uill bha sin mar shamhla dhomh. Sin an co-là-breith agam. Bhithinn 30 bliadhna a dh'aois air an latha sin. Shaoil leam gun robh cothrom ann le Alba neo-eisimeileach, gum b' urrainn do dhaoine siostaman ùra a chruthachadh a bhiodh a' cumail beatha cheart ris a h-uile duine, agus nan robh sin ann – nan robh dòigh ann feartan agus tàlantan a h-uile duine a chleachdadh dhaib fhèin agus dhan a h-uile duine eile san dùthaich – gur dòcha gur e eisimpleir a bhiodh ann don chòrr den t-saoghal. Agus cuideachd, bha mi dhen bheachd gum biodh taic nas fheàrr agus àite nas motha aig a' Ghàidhlig. San dol-seachad – sin rud nach robh mòran dhe na caraidean agam ann am Madrid a' tuigsinn. Bhiodh mòran dhiubh a' coimhead air mion-chànain na Spàinn mar rud gòrach, agus ged a bhiodh e inntinneach dhaibh gun robh Gàidhlig agam mar phrìomh chànan, agus bha iad taiceil dhan sin ann am prionnsapal, cha robh iad a' smaoineachadh gun robh sin a' ciallachadh gum bu chòir taic a bhith ann do Ghalicianais, no Catalanais, no cànan nam Basgach. Neònach.

'Bha mi airson tilleadh a dh'Alba gus iomairt a chumail airson 'Bu chòir'. Dh'fheuch mi ri cead fhaighinn bhon chompanaidh dà bhliadhna fhaighinn dheth. Ach cha robh iad deònach fiù 's bliadhna a thoirt dhomh. Le sin, leig mi seachad e. Bha mi fortanach gun robh airgead agam air a shàbhaladh. Cuideachd, bha mi air flat a cheannach ann am Madrid, agus chuir mi sin a-mach air mhàl. Le sin, bha airgead gu leòr agam 'son a bhith beò.

'Thill mi a dh'Alba agus às dèidh beagan sheachdainean air ais ann an Slèite, fhuair mi àite-fuirich ann an Dùn Èideann faisg air Stèisean Mhargadh an Fheòir – seòmar ann am flat anns an robh dithis oileanach a bha ag obair air PhDan. Bha mi a' smaoineachadh gum biodh e na b' fheàrr a bhith ag iomairt ann am baile mòr an àite air a' Ghàidhealtachd. Agus bha mi dhen bheachd nan rachadh leinn ann an Dùn Èideann, gun rachadh leinn air feadh na dùthcha. Chuir mi seachad mìosan ag obair le Yes Edinburgh West agus leis an Iomairt Radaigeach 'son Neo-eisimeileachd.

'Uill, tha fios againn dè thachair. Chuir mi seachad an oidhche sin sa flat còmhla ris an dithis eile. Agus bha sin math ann an dòigh. Bha fear dhiubh, Pòl, à Hong Kong, agus bha Irena à Slobhinia. Le sin, ged a bha ùidh aca san reifreann – agus ged a bha iad taiceil don taobh agam – cha robh e a' bualadh orra san aon dòigh 's a bhuail e ormsa. Bha cothrom ann an oidhche sin a dhol gu pàrtaidh le daoine bhon Iomairt Radaigeach, ach tha mi toilichte nach deach mi ann. Bha mo chridhe briste. Nan robh mi le daoine eile a bha air a bhith gu mòr an sàs ann... uill bhiodh e air a bhith fiù 's nas miosa.

'Anns na seachdainean às dèidh sin, bhithinn a' coiseachd timcheall a' bhaile. Cha robh mi airson a bhith còmhla ris na daoine leis an robh mi ag obair fhad 's a bha an iomairt a' dol. Bhithinn a' cur seachad làithean ann an leabharlann an oilthigh, a' leughadh agus a' gabhail cofaidh sa chafaidh, dìreach mar a rinn mi nuair a bha mi nam oileanach. A' dol gu òraidean aig Roinn na Ceiltis. Aig amannan, rachainn dhachaigh airson seachdain no dhà.

'Leis an fhìrinn innse, bha mi ann an rud beag de staing. Bha mi 30. Bha mi air teoba math fhàgail agus cha robh fios agam an robh mi airson tilleadh don t-seòrsa obrach sin idir. Bha mi a' falbh gu ìre le fear a bha cuideachd an sàs san iomairt, ach cha robh mi dhen bheachd gur e rud a bh' ann a sheasadh.

'San Lùnastal 2015, bha na sràidean loma-làn dhaoine leis gun robh na Fèisean a' dol. Ach bha daoine a' dol timcheall le sgarfaichean orra. Fuar, fuar.

''S ann air latha mar sin a chaidh mi a-steach gu bùth bheag sa Chanongate a bhios a' reic seann mhapaichean. Bha mi a' lorg rudeigin airson co-là-breith m' athar. Bha e a-riamh dèidheil air mapaichean. Uill, chunnaic mi rud no dhà a bha mi a' smaoineachadh a chòrdadh ris. Agus an uair sin, thug mi sùil air na seann leabhraichean a bha cuideachd anns a' bhùth.

'Agus 's ann an sin a fhuair mi lorg orra. Notaichean ann an seann leabhar air a chòmhdachadh ann an leathar uaine, gun ainm no tiotal no càil air. Air a thaobh a-staigh bha rudeigin sgrìobhte, 'Brewster – Notes'. Air a' chiad sealladh, cha robh mi a' tuigsinn mòran dheth, ach gun robh aon fhacal a' nochdadh a-rithist 's a-rithist – 'Cailèideascop'.

'Nist, tha m' athair air a bhith a-riamh dèidheil air cailèideascopan – feumaidh gu bheil mu shia dhiubh aige. Aig aon àm, bhiodh e a' faighinn cailèideascop bhuamsa gach Nollaig, gus an do chuir Mam stad orm. Le sin, shaoil leam gur dòcha gum biodh an rud seo math mar phreusant dha. Cheannaich mi e – ged a bha e £80. Bha airgead a' tighinn thugam bhon flat ann am Madrid, ach leis nach robh mi ag obair, bha mi fhathast a' cumail smachd air na bha mi a' cosg. Bha fear na bùtha ag iarraidh £100 an toiseach. Nan robh fios aige a-nist.

'Tha mi air na notaichean aig Brewster a chur ann an cruth didseatach agus tha mi air iarraidh air SMO an cumail leis a' chlàradh a tha seo, a bharrachd air clàraidhean 's notaichean eile.'

'Ciamar a tha a' dol dhut?' dh'fhaighnich Vito.

'Tha e dìreach… tha e cho inntinneach,' fhreagair Anna. Bha iad nan suidhe ann an oifis Vito, a' gabhail dramaichean uisge-bheatha.

'Tha mi cleachdte a bhith a' faicinn stuth a chaidh a chlàradh bhon linn sin,' ars Anna. 'B' ann an uair sin a thòisich an lìonra a bha mar bhun-stèidh dhan Ghriod. Bha tòrr ga chleachdadh gus am beatha làitheil a chlàradh – 'na meadhanan sòisealta' a bh' aca air. Ach, chan ann tric a bhios tu a' faighinn cuideigin a' bruidhinn dìreach riutsa anns an aon dòigh ri Angela. Tha i cho tarraingeach na pearsa. Agus na tha i ag ràdh? Tha gu leòr anns na tha mi air cluinntinn bhuaipe mar-thà airson leabhar, agus sin gun a bhith a' dol faisg air a' chailèideascop a tha seo. Poilitigs na linne sin. Reifreann a bha seo.'

'Uill tha sin math, agus tha mi toilichte,' arsa Vito. 'Ach èist rium ge-tà Anna. Tha fios a'm gur e eachdraiche a th' annad agus tha thu a' coimhead air a' chlàradh seo bhon t-sealladh sin, ach mus tòisich thu a' coimhead air mar phìos rannsachaidh, dè mu dheidhinn a bhith a' coimhead air mar sgeulachd?'

'Sin a tha mi a' dèanamh Vito. Chan eil mi air sgrùdadh ceart a thòiseachadh air idir. Tha mi a' faicinn cheanglaichean le rannsachadh air a bheil mi eòlach, ach chan eil mi fiù 's air sùil a thoirt air na pàipearan. Chan eil mi airson beachdan eile a thoirt a-steach air a' chùis fhathast. Tha mi dìreach a' leantainn an sgeòil gus am faigh mi a-mach càit a bheil e a' dol.'

'Math fhèin Anna. Agus abair gu bheil sgeulachd aig an tè seo.'

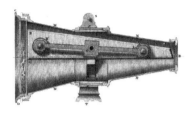

4

bellamyv06217100o1>projektdosieroj>bahia>kalejdoskopo>
angela^brown^nicilledhuinn>dokumentoj>notoj

Aithris air 'Notaichean a' Chailèideascoip le Daibhidh Brewster'
Angela NicIlleDhuinn MSc (Eng), MICE
Dùn Èideann, An t-Iuchar 2016

BHA FIOS AIG acadaimeagaich roimhe gun robh Daibhidh Brewster a' coimhead air a' chailèideascop aige mar rudeigin nas motha na dèideag: dhàsan, b' e inneal saidheansail a bha seo, a bha a' sealltainn gu soilleir an dòigh anns an toirear buaidh air solas.

Ach gu ruige seo, cha robh fios aig an acadamaidh gun robh an cailèideascop a th' againn an diugh mar mhac-talla air inneal a bha na bu mhotha, na bu chudromaiche, agus a bha a' coimhead air a' chruinne-chè ann an dòigh fada na bu doimhne. Bho seo a-mach tha mi a' dol a leantainn eisimpleir Bhrewster fhèin, agus cuiridh mi 'an Cailèideascop Beag' no 'cailèideascop' air an inneal a tha air tighinn thugainn dhan latha an-diugh, agus 'an cailèideascop mòr' no 'an Cailèideascop' air an inneal air an robh Brewster ag obair nuair a sgrìobh e na Notaichean.

Ged a bha amasan domhainn aige, tha na Notaichean a' sealltainn gun tàinig Brewster don Chailèideascop le ìre de dh'aotromas agus spòrs, agus gur dòcha gun robh sin mar sgàthan air pearsantachd an duine fhèin:

> Nuair a bha mi nam phàiste ann an Jedburgh, cha robh balach nas fheàrr na mi nuair a bhiodh sinn a' glacadh nam breac le làimh. Bha foighidinn agam, gan altram is gan socrachadh; agus, ged a bhiodh uisge fuar an Jed gam fhàgail gun fhaireachdainn sam bith na mo chasan rùisgte, cha ghluaisinn idir, gus an dearbh dhiog sin nuair a bha cothrom agam an t-iasg a thilgeil a-mach gu h-obann bhon uisge, do bhruach bhlàth an uillt. Is ann mar sin a tha mi a' faireachdainn le obair a' Chailèideascoip: gun toir Dia foighidinn dhomh, gus am bi am breac deiseil ri ghlacadh.

Tha na Notaichean a' ruith bho 1812 gu 1816, a' bhliadhna a chaidh an Cailèideascop Beag a thoirt don t-saoghal. Tha a' chuid as motha de na Notaichean – 84 duilleagan a-mach à 121 – mar chlàradh den obair air a' Chailèideascop. Tha duilleagan 3–8 a' coimhead air ais air an obair a rinn Brewster air leansaichean, agus gu h-àraid air an leans iomaraonach 'polyzonal' a chaidh fhoillseachadh ann an 1811 agus a chaidh a chleachdadh ann an taighean-solais air feadh an t-saoghail. Tha duilleagan 8–42 a-mach air pòlarachadh solais, agus an teòirig a bh' aig Brewster gum faigheadh solas nàdarra pòlarachadh, nuair a chaidh ath-thilgeadh le sgàthan. Tha duilleagan 43–62 a' sealltainn gu bheil Brewster air gluasad air adhart, agus gu bheil e cuideachd a-nist a' toirt sùil air ath-bhriseadh an t-solais agus an dòigh anns am b' urrainn don dà rud – ath-thilgeadh agus ath-bhriseadh – a bhith ag obair còmhla.

Tha duilleagan 62–87 a' sealltainn gun robh an obair agus na beachdan sin a' tighinn còmhla, agus e air tòiseachadh ri leansaichean agus sgàthanan a chleachdadh gus pòlarachadh a thoirt air solas nàdarra, agus an uair sin gum biodh an solas sin air a bhriseadh, air a neartachadh, agus an uair sin air a chur ri chèile a-rithist, ann an dòigh far an robh solas air an robh pòlarachadh eadar-dhealaichte a' tighinn còmhla.

Chan eil càil air duilleag 88, ach tha duilleagan 89–92 a' sealltainn nam planaichean airson a' Chailèideascoip, agus 's ann an seo airson a' chiad uair a-riamh a chaidh am facal 'Cailèideascop' a chleachdadh.

'S e fear làn tàlaint a bh' ann am Brewster, ach chan eil na dealbhan aige gu math soilleir, agus, le aois a' laighe orra cuideachd, bha e doirbh don ùghdar ciall a dhèanamh asta. Le sin, tha i air dealbhan ùra a dhèanamh den Chailèideascop, a tha i air a chur an cois na h-Aithrise seo ann an cruth PDF, agus ann an cruth didseatach a ghabhas a chleachdadh le Libre CAD agus bathar-bog dealbhachaidh eile. A bharrachd air sin, tha an t-ùghdar cuideachd air a chur ann am plana a chleachd ise, a' togail air a' phlana aig Brewster, gus Cailèideascop seasmhach a chruthachadh.

Tha duilleagan 93–101 mar aiste bheag le Brewster air na chunnaic e sna h-ochd làithean nuair a bha an Cailèideascop ag obair dha anns a' Ghiblean 1814.

> Ged a chaidh gach pàirt 's ball de chorp mhic-an-duine a chruthachadh leis an aon làimh Nèamhaidh, agus ged a tha iad uile mìorbhaileach, freagarrach, làn maitheis, tha an t-sùil os an cionn uile. Tha e mar sholas a' chuirp, agus 's e am ball a tha sinn a' cleachdadh gus eòlas fhaighinn air na rudan beaga a tha faisg air làimh, agus na rudan mòra a tha cho fad às – agus iad uile mar phàirt de dh'obair-làimhe a' Chruthaidheir.
>
> Am feasgar brèagha sin, nuair a choimhead mi air an t-saoghal Aige tron Chailèideascop airson a' chiad uair a-riamh, bha e follaiseach dhomh gun robh gach pàirt dhuinn, agus gach pàirt nàdair, làn solas Dhè. Agus bha e na mhìorbhail dhomh nach robh sinn a' faireachdainn an lùiths sin a' ruith tron chorp a h-uile diog den latha, oir on a chunnaic mise e, tha mi ga fhaireachdainn a-nist a h-uile latha. Tha gach nì air a cheangal ri chèile tron lùths sin, bho bhonn gu bàrr, agus tha iad uile beò ann an cumhachd a' Chruthaidheir.

Tha Brewster cuideachd a' mìneachadh na rinn e nuair a bhrist an t-inneal, agus mar a dh'fheuch e ri taic fhaighinn bhon Dr Friedrich Körner sa

Ghearmailt, fear a bha ainmeil airson nan sgilean aige ann a bhith a' dèanamh leansaichean. Chaidh Brewster don Roinn Eòrpa airson a' chiad uair anns an t-samhradh 1814, agus ged nach eil e air a chlàradh anns na Notaichean no ann an àite sam bith eile gun do choinnich e a-riamh ri Körner, thòisich an dithis neach-saidheans a' conaltradh tro sgrìobhadh anns na mìosan às dèidh an turais sin.

Bha Brewster gu math èasgaidh. Mar a chunnaic sinn leis an leans iomadh-àiteach, bha tàlant aige airson rudan mìorbhaileach a chruthachadh bho stuth àbhaisteach: mar eisimpleir, fhuair e a-mach gun robh teàrr dubh math airson gleans a chur air leansaichean. Ach cha robh dòigh aige air leansaichean a dhèanamh làidir gu leòr nuair a thàinig iad fo bhruthadh anns a' Chailèideascop. Bhiodh iad a' bristeadh, agus nuair a dh'fheuch e ri leansaichean nas tighe a dhèanamh, bhiodh iad air an truailleadh, le pocaidean beaga gas a' nochdadh anns a' ghlainne. Bha dòchas aige gun seasadh na leansaichean aig Körner nas fheàrr anns an inneal.

> Tha mi taingeil do Dhia airson nan comasan a tha agam, ach tha mi a' toirt taing nas motha Dha airson nan comasan a thug E don Dr Körner.

Gu mì-fhortanach, cha robh na leansaichean aig Körner math gu leòr airson na bha Brewster a' feuchainn ri dhèanamh. Agus bha iad gu math, gu math cosgail: ged a bha Brewster a' fàs cliùiteach, bha e fhathast na thidsear bochd agus cha robh airgead gu leòr aige gus cumail air sùim mhòr a phàigheadh a-mach airson leansaichean.

Ach an uair sin, tha na Notaichean a' sealltainn gun tàinig plana thuige. Dhèanadh e inneal a bha stèidhichte gu ìre air planaichean a' Chailèideascoip; rudeigin a bhiodh tarraingeach do dhaoine, agus a dhèanadh airgead, a' toirt comas dha leantainn air leis an rannsachadh aige. B' e seo an Cailèideascop Beag.

Tha 101–120 a' sealltainn planaichean a' Chailèideascoip Bhig, agus an dòchas a thug e do Bhrewster.

Ach tha an duilleag mu dheireadh anns na Notaichean, d. 121, a' sealltainn nach deach an dòchas sin a choilionadh.

> ...tha meas anabarrach mòr agam air a' Chruthaidhear agus air na mìorbhailean uile a tha E air toirt gu bith. Ach chan urrainn dhomh a ràdh le fìrinn nam chridhe gu bheil gaol agam Air, anns an dòigh a th' agam air Juliet mar eisimpleir. Ciod e mar a bhios?; agus E cho fad às bhuainn agus thairis air an tuigse bhochd a tha againn. Ciod e mar a bhios?; agus E air doras beag fhosgladh dhomh air fìrinn an t-saoghail Aige, a tha e a-nist air dùnadh dhomh gu bràth, gam fhàgail air an taobh eile, mar Àdhamh air taobh eile geataichean Ghàrradh Edein.[1]

[1] An 'Juliet' air a bheil Brewster a-mach, 's i a bhean – Juliet Nic a' Phearsain. Rugadh i timcheall 1776, agus bhàsaich i ann an 1850. Nighean Sheumais Mhic a' Phearsain, am fear a sgrìobh *Fingal, an Ancient Epic Poem in Six Books, together with Several Other Poems composed by Ossian, the Son of Fingal, translated from the Gaelic Language* ann an 1761.

Agus ged a tha na Notaichean a' sealltainn gun d' fhuair Brewster tlachd bho shoirbheachas a' Chailèideascoip Bhig – ged nach d' fhuair e a-riamh an t-airgead a bha e ag iarraidh bhuaithe – tha iad cuideachd a' sealltainn a' bhriseadh-cridhe a bh' ann dha, nach d' fhuair e cothrom sealladh a' Chailèideascoip fhaicinn a-rithist.

...tha an Cailèideascop Beag ann an làmhan dhaoine air feadh an t-saoghail shìobhalta a-nist. Tha iad a' faighinn toileachais às agus sealladh nas fheàrr air saoghal ar Dia Uile-chumhachdaich. Cuiridh mi sin ris an stòras de rudan prìseil a tha E air a thoirt dhomh mar-thà, agus bheir mi taing Dha gu sìorraidh air a shon.

Ghlac mi am breac brèagha dathach airson greiseag, ach tha e a-nist a-mach às mo làmhan agus a' snàmh ann an abhainn mhòr na h-eachdraidh. Tha fios agam nach fhaigh mi grèim air a-rithist.

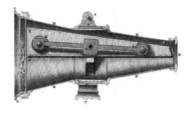

5

bellamyv0621710001>projektdosieroj>bahia>kalejdoskopo>
angela^brown^nicilledhuinn>registadoj>registrado1

'THUG E ÙINE dhomh tuigsinn na bha sna notaichean seo. Chuir mi seachad latha às dèidh latha ann an leabharlann an oilthigh gan leughadh, agus gan leughadh a-rithist. Chan eil mi làidir anns na rudan air an robh Brewster a-mach. Bha mi an urra ri leabhraichean a chaidh a sgrìobhadh le daoine eile gus tuigse fhaighinn air na bha e a' dèanamh.

'Bha mi cuideachd airson barrachd fhaighinn a-mach mun duine fhèin. Leugh mi cunntas air a bheatha a chaidh a sgrìobhadh le a nighinn, Mairead Gòrdan. Fhuair mi fiosrachadh bho Chomann a' Chailèideascoip, agus bhon sin, fhuair mi grèim air litrichean leis an ùghdar Seumas Hogg, a bha na charaid aig Brewster.

'Bha sin na iongnadh dhomh – gun robh an dithis sin eòlach air a' chèile. Nuair a dh'fhàg mi an sgoil bha mi gu math dèidheil air an leabhar ainmeil aig

Hogg – *The Private Memoirs and Confessions of a Justified Sinner*. Thòisich mi a' smaoineachadh gur dòcha gun robh ceangal ann eadar Brewster agus an caractar Raibeart anns an nobhail sin, ach a' coimhead air ais tha mi a' smaoineachadh nach eil sin idir ceart agus gun robh mi a' dol ro fhada leis mar a bha m' inntinn a' ruith 's a' ruith.

'Mar a thuirt mi, bha mi a' faireachdainn rud beag air chall aig an àm sin. Cha robh mòran a' dol nam bheatha agus bha na notaichean seo air m' aire a ghlacadh gu làidir, chun na h-ìre far an robh mi a' smaoineachadh mun deidhinn a h-uile diog. Nuair a bhithinn a' coinneachadh ri caraidean, dh'fhàsadh iad sgìth dhìom 's mi a' bruidhinn mu dheidhinn Brewster gun sgur. 'S dòcha nach robh e fallain, ach tha mi toilichte gur ann mar sin a bha mi sna làithean ud. Mura robh, cha bhithinn air oidhirp a dhèanamh an Cailèideascop a thogail.

'Bha mi fortanach gun robh Jane Blackwood fhathast ag obair. B' e Jane tè dhe na h-òraidichean agam. Thug i oideachadh dhomh ann an innleadaireachd mheacanaigeach agus làn eòlais aice air bun-stuth agus pròiseasan – 'materials and processes' a tha sin. Nuair a mhìnich mi dhi na bh' agam, thug i cead dhomh a dhol air ais a dh'obair an Togalach Shanderson, far an robh Roinn na h-Innleadaireachd stèidhichte. Bhithinn a' suidhe ann an oisean san t-seòmar coimpiutaireachd, ag obair air dealbhachadh le taic coimpiutair. 'Computer assisted design', CAD. Bha mi a' feuchainn ris na planaichean aig Brewster a dhealbhachadh gu didseatach, agus b' e obair shlaodach a bh' ann.

'Chaidh mi air ais gu Slèite airson na Nollaige, agus bha e sgoinneil fhèin. Tha mi cho fortanach le mo phàrantan. Tha an dithis aca cho tuigseach 's cho taiceil is mi a-nis a' fuireach, air cùl a chur ri obair mhath. Bha mi a' fuireach ann an seòmar ann am flat oileanaich. Bha mi a' dèanamh obair air rudeigin gur dòcha a bhiodh gun fheum sam bith. Ach cha d' fhuair mi a-riamh facal càinidh bhuapa.

Cha do choimhead mi air na Notaichean an cola-deug a bha sin idir. Bha mi a' leughadh bàrdachd agus nobhailean – *Poor Things* le Alasdair Grey agus 'Am Meall Garbh' le Ruaraidh MacThòmais. A' leughadh agus ag ithe 's a' coiseachd 's ag èisteachd ris an rèidio. Cuideachd a' dol a-mach gu pinnt còmhla ri caraidean bhon sgoil, a' seinn san EI agus san Armadal mar a bhiodh sinn a' dèanamh nar n-òige. Bha an turas sin gam shocrachadh gu mòr, agus nuair a thill mi a Dhùn Èideann sa bhliadhn' ùir, cha robh mi air mo ghlacadh leis na Notaichean san aon dòigh 's a bha mi. Bha e mar gun robh mi air tighinn tro fhiabhras.

'Agus, 's ann an uair sin a thàinig piseach air an obair. Tha mi a' smaoineachadh leis nach robh mi air mo bheò-ghlacadh leis na Notaichean, nach robh m' inntinn fo ìmpidh, agus le sin rinn mi adhartas nas motha. Chunnaic mi gur iad na leansaichean an trioblaid a bu mhotha a bh' aig Brewster – an cnap-starra a bu mhotha ann a bhith a' dèanamh Cailèideascop Mòr seasmhach. B' e an rud, nach robh comas math aig daoine leansaichean a dhèanamh sna làithean nuair a bha Brewster beò. Tha e mìorbhaileach na rinn iad leis an teicneòlas a bh' aca.

'Bha mi air crìoch a chur air dreachd CAD de na planaichean a bh' aig Brewster a-nist, agus thòisich mi ag obair orra leis a' choimpiutair, a' dèanamh dheuchainnean orra, a' lorg dhòighean gus an dèanamh nas fheàrr. Fhuair mi comhairle bhon Dr Blackwood, agus cho-dhùin sinn gum biodh leansaichean ann am plastaig nas fheàrr na glainne – b' e fear de na trioblaidean as motha aig Brewster gum biodh na leansaichean aige a' bristeadh leis a' bhruthadh a bhiodh a' tighinn orra fhad 's a bha iad a' gluasad am broinn a' Chailèideascoip Mhòir. Cuideachd, cho-dhùin sinn gum biodh e na b' fheàrr pìosan mòra an inneil a dhèanamh ann an glainne shnàithleach – fibreglass – an àite meatailt mar a bha e aig Brewster.

'Air a' choimpiutair, bha na planaichean a-nist a' coimhead math. Bha na sgàthanan agus na leansaichean a' gluasad gun trioblaid. Rinn mi atharrachadh air na planaichean, leis nach robh mi a-nist feumach air frèamaichean dha na leansaichean. Le leansaichean plastaig, bha cothrom ann na frèamaichean a dhèanamh ann an aon phàirt leis na leansaichean fhèin.

'Chuir mi air falbh na dealbhan gu companaidh Caledonian Mouldings air an robh fear de na h-oileanaich eòlach – companaidh a bhiodh a' togail rudan ann an glainne shnàithleach. Chaidh mi a bhruidhinn riutha gus mìneachadh a thoirt dhaibh air na bha mi ag iarraidh. Bha e rud beag a-mach às an àbhaist dhaibh – b' e càraichean agus bàtaichean agus rudan mar sin a bu mhotha a bhiodh iad a' dèanamh. Ach cha robh e doirbh dhaibh idir.

'Bha na leansaichean na bu duilghe fhaighinn. An toiseach bha Dr Blackwood airson an dèanamh aig an oilthigh fhèin air clò-bhualadair 3D. Ach às dèidh dhà na thrì dheuchainnean, bha e follaiseach nach robh sin a' dol a dh'obair dhuinn. Aig a' cheann thall, bhruidhinn mi ri companaidh ann am Florida, agus bha iad gu math cuideachail. Chuir mi na dealbhan CAD thuca, agus bha na leansaichean agam ann an trì seachdainean. Bha iad caran cosgail – $700 no mar sin, agus $100 a bharrachd airson postachd. Ach leis gun robh am fiosrachadh a-nist aca, nan robh mi ag iarraidh barrachd leansaichean bhuapa, cha bhiodh e a' cosg mòran idir.

'Thàinig na sgàthanan bho chompanaidh speisealta ann an Wisconsin. Bha mi air sùil a thoirt air na bha sa chatalog aca, agus lorg mi rudeigin a bha coltach ris na bha aig Brewster aig prìs gu math reusanta. B' e an aon rud, gun robh am meud eadar-dhealaichte, ach nuair a thug mi sùil air mar a bhiodh iad ag obair air a' choimpiutair, bha mi an ìre mhath cinnteach gum biodh iad ag obair mar bu chòir.

''S iad na sgàthanan na pàirtean mu dheireadh a thàinig thugam. Cha robh e ach sia latha às dèidh sin gus an robh an Cailèideascop deiseil. An naoidheamh latha fichead den Ògmhios.'

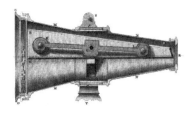

6

THA VITO AGUS Anna ann an obair-lann, a' coimhead air Angela. Chan eil Angela a' gluasad idir. Tha i a' coimhead air sgàilean coimpiutair-uchd, le a làmh dheas air a' mheur-chlàr, agus a làmh chlì air a' bhòrd. Ri taobh a' choimpiutair, tha an Cailèideascop. Tha dath liath no airgead air. Tha e mu mheatair a dh'fhaid, agus tha e nas coltaiche ri seann phrosbaig na Cailèideascop Beag. Tha leans mòr aig a' cheann, le trast-thomhais 28 ceudameatair, agus air a' cheann eile, tha glainne-sùla a tha 2.5 ceudameatair. Tha e a' suidhe air stannd meatailt dubh.

Tha Vito agus Anna nan suidhe air beulaibh Angela, ach air cùl a' choimpiutair. Tha faclan crochte san adhar:

bellamyv0621710001>projektdosieroj>bahia>kalejdoskopo>
angela^brown^nicilledhuinn>registadoj>registrado2

'A Ghriod. An cuireadh tu às dhen choimpiutair? Agus atharraich an ìomhaigh gus a bheil Angela a' bruidhinn gu dìreach rinn.'

'Nì mi sin Vito,' ars an Griod ann an guth fireann aotrom, le gàire. 'Ach cuimhnich gu bheil comas agaibhse sioftadh cuideachd.'

Chaidh an coimpiutair-uchd a-mach à bith, agus ghluais an seòmar gus an robh Angela a' coimhead air Vito 's Anna. Bha na faclan fhathast an sin, crochte san adhar san àite far an robh an coimpiutair.

'A Ghriod. Cur às de thiotal an fhaidhle agus cluich.'

Chaidh na faclan a-mach à sealladh, agus thòisich Angela a' bruidhinn.

'Seo an latha ma-thà, agus seo agaibh an Cailèideascop, dèante mu dheireadh thall. Chan eil fhios a'm dè bhiodh Brewster air a dhèanamh dheth. Feumaidh gun robh an Cailèideascop aige gu math spaideil. Chleachd esan pràis airson prìomh phàirt an inneil, agus chuir e leathar air cuideachd. Dh'iarr mi air an fhactoraidh gleans stàilinn a chur air a' ghlainne-shnàithleach, agus tha e snog a' coimhead, ach… co-dhiù. Tha an structair mar bu chòir agus sin an rud as cudromaiche.

'Tha na deuchainnean a' sealltainn gu bheil na leansaichean agus sgàthanan a' gluasad san dòigh ris an robh dùil. Chan eil dad air fhàgail dhomh a-nist ach a bhith a' coimhead troimhe. Seo sinn ma-thà. A' chiad uair tha cuideigin air coimhead tro Chailèideascop bhon bhliadhna 1814.'

Chrom Angela sìos dhan Chailèideascop. Dhùin i a sùil chlì agus choimhead i tron ghlainne-sùla le a sùil eile. Fhuair i grèim air fear dhe na còig cluasan a bh' air an inneal.

'Ceart. A' gluasad Cluas a h-Aon. Math fhèin. Obh. Tha sin brèagha. Tha mi a' faicinn ìomhaighean gu math coltach ris na chitheadh tu ann an Cailèideascop Beag, ach gu bheil iad a' sealltainn na h-obair-lainn fhèin, agus an uinneag sin leis an taobh a-muigh. Snog.'

Fhuair Angela grèim air an dàrna cluais.

'Ceart. A' gluasad nan sgàthanan cùil.' Bha cliog beag ann.

'Hmm. Tha an ìomhaigh air fàs nas duirche na bha i. Tha mi fhathast a' faicinn na h-obair-lann... tha mi a' faicinn... tha e a' sealltainn dhomh an t-seòmair ochd tursan ann an cearcall, agus tha na h-ìomhaighean sin a' gluasad le gluasad nan sgàthanan. Ach... Aidh. Leis gu bheil na h-ìomhaighean cho dorcha, chan eil mi a' faicinn an taobh a-muigh gu soilleir a-nist. Chan eil fhios a'm. A bheil sioft-gorm air tighinn air an t-solas a tha mi a' faicinn? Tha coltas gorm air a h-uile rud. Mas e 's gur e sioft-gorm a th' ann, tha sin a' ciallachadh gu bheil faid tonn an t-solais air leudachadh. Agus tha sin a' ciallachadh gu bheil an tricead air a dhol suas.'

Lean Angela oirre a' cluich leis an dà chluais sin airson greis. An uair sin fhuair i grèim air cluas eile, a bha nas fhaisge air ceann a' Chailèideascoip.

'Ceart. Cluas a Trì. A' cur Leans a Dhà ann an àite.' Cliog.

'Gu sealladh orm. Tha e fhathast dorcha, ach tha neart nan dathan air atharrachadh. Tha... tha e mar gun deach seann dhealbh ola a ghlanadh. Tha na dathan nas làidire na bha iad – nas doimhne. A bheil an leans seo air cur ri meudachd nan tonn? Tha e cho… mar a thuirt mi, mar seann dhealbh a chitheadh tu ann an gailearaidh.

'Ceart. Cluas a Ceithir. Leans a Trì.' Cliog.

'Agus… tha rudeigin eile air nochdadh. Tha dath buidhe air nochdadh. Dath buidhe… uill òr 's dòcha. Tha dath òr air nochdadh gu h-aotrom air gach pìos den ìomhaigh – air oir gach rud a tha mi a' faicinn. Tha sin… tha e gu math brèagha. Gorm 's òr an lùib a chèile.'

Chuir Angela a làmh dheas air a' chluais mu dheireadh.

'Ceart. Cluas a Còig. Na sgàthanan aghaidh.' Cliog.

'Mo chreach 's a… thài… nig. Dhia. Chan eil an ìomhaigh ann an ochd pìosan a-nist. Tha iad aontaichte a-rithist. Tha e mar gu bheil mi air… chan eil fhios a'm. Dhia. Chan eil coltas gorm air an ìomhaigh, ach tha mi a' faicinn rudeigin a' tighinn às gach rud. Solas am broinn a h-uile rud. Bhon bhòrd, bhon uinneig. Bho na craobhan. Tha e a' taomadh asta.'

Bha Angela a' bruidhinn gu math luath gun anail.

'Tha solas annta uile. Tha mi gam faicinn, tha mi gam faicinn mar a tha iad. Tha na dathan ceart annta, ach tha… tha iad uile an aon dath. Tha dath eile annta uile. Chan eil fios a'm dè an dath a th' ann ge-tà. A bheil…? A bheil…?'

Chuir Angela a làmh dheas air beulaibh ceann a' Chailèideascoip.

'Tha! Tha! Tha e a' tighinn asam fhìn cuideachd. Tha mo làmh mar sholas san dorchadas. Ach chan eil e dorcha. Ach tha. Tha e cho dorcha ach soilleir.

Cho soilleir. Agus tha rudeigin... rudeigin eile. Tha gach rud a' gluasad – chan ann mar a chitheadh tu tro Chailèideascop Beag, ach tha gluasad annta fhèin uile... gluasad a tha mar phàirt dhiubh. Tha iad uile a' gluasad a-steach orra fhèin agus... a-mach bhuapa fhèin. Tha... tha iad a' gluasad ann an dà àird aig aon àm. Agus a-steach air a' chèile. Agus... ò... ò... An solas òr sin! Tha an solas òr sin ann cuideachd. Ciamar nach do mhothaich mi don sin roimhe... tha e a' cuairteachadh a h-uile rud agus... ò... ò...'

Dh'fhàs Angela sàmhach. Chùm i oirre a' coimhead tron Chailèideascop. Chaidh na mionaidean seachad. An-dràsta 's a-rithist, bhiodh 'Ò' a' tighinn bhuaipe. Agus aig aon àm: 'Eireachdail.' Agus an uair sin: 'Ealanta.'

Às dèidh ochd mionaidean, thog i a ceann. Bha deòir na sùilean agus fhuair i grèim air neapaigean bhon bhòrd gus an tiormachadh, agus gus a sròn a shèideadh. Leig i casad, agus an uair sin ghabh i anail mhòr.

Choimhead i air Vito 's Anna.

'Chan eil fhios agam dè tha mi air fhaicinn. An ann mar seo a tha an cruinne-cè? An e seo suidheachadh fìrinneach an t-saoghail? Gu bheil gach rud air a cheangal ri chèile le solas cho brèagha – agus uile mar phàirt de dh'aon rud nas motha, ach uile diofraichte? An e cleas a tha seo? Mar a bhiodh ann le Cailèideascop Beag? Tha mi... tha mi a' dol a sgur...'

Chuir i a-mach a làmh agus stad an ìomhaigh.

Choimhead Anna air Vito, agus bha deòir na shùilean-san cuideachd.

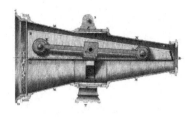

7

TRÌ LATHA ÀS dèidh dhaibh an clàradh aig Angela fhaicinn, bha Anna 's Vito nan suidhe ann an oifis Vito.

'Chan eil làn chinnt agam,' ars Anna, 'agus tha e doirbh dhomh a bhith cinnteach leis nach eil mi air bruidhinn ri daoine aig am biodh tuigse nas fheàrr na th' agam fhìn air a' chùis. Tha sinn fhathast a' feuchainn ris a h-uile rud seo a chumail eadarainn airson greis, a bheil?'

'Tha mise co-dhiù,' arsa Vito. 'Nuair a tha thu air fhoillseachadh, bidh làn fhios aig a h-uile duine 's bidh na ceudan – na mìltean – ag obair air eachdraidh a' Chailèideascoip, agus air an t-saidheans a th' air a chùl. Agus an uair sin, bidh gleans na h-eachdraiche bhòidhich cuideachd na laighe air Vito Bellamy bochd.'

Thòisich Anna a' gàireachdainn. 'Math fhèin. Tapadh leat Vito. Le sin, chan eil mi air bruidhinn ris an luchd-saidheans idir. Ach le cuideachadh bhon Ghriod, chruthaich mi modail didseatach dhen Chailèideascop, a' cleachdadh nam planaichean aig Angela. Tha mi an ìre mhath cinnteach gur e seo a bhiodh i a' faicinn. A Ghriod, cuir Prògram Cailèideascoip 3b ann an gnìomh.'

Nochd cearcall sholais air am beulaibh, mu chòig meatair tarsainn.

'Na rudan a chì thu sa chearcall seo, bidh iad a' nochdadh mar a bhiodh iad nan robh thu a' coimhead orra tron Chailèideascop, agus mar a bhiodh tu a' cur nan leansaichean 's sgàthanan air dòigh fear mu seach, dìreach mar a rinn Angela sa chlàradh.'

Choimhead an dithis charaid air a' chearcall. Mar a ghluais am prògram air adhart, nochd na bha iad a' faicinn dhen oifis troimhe ochd tursan sa chearcall; dh'fhàs an ìomhaigh na bu dhuirche le dath gorm a-nist a' laighe oirre; an uair sin, dh'fhàs na dathan uile nas làidire agus nas soilleire; nochd dath òr aotrom air iomall gach rud a bha sa chearcall; agus mu dheireadh, na h-ìomhaighean air tighinn ri chèile, an dath gorm a' falbh, agus na rudan a bha a' nochdadh ann uile a' gluasad ann an dòigh àraid, a' coimhead dorcha ach soilleir, agus dath òr aotrom a' taomadh asta uile.

Chuir Anna 's Vito seachad 62 mionaidean a' coimhead air ìomhaigh a' Chailèideascoip, agus 's cinnteach gum biodh iad air coimhead air nas fhaide na sin, ach gun robh aig Anna ri dhol dhan taigh-bheag.

Nuair a thill i, cha robh i a' gul mar a bha i nuair a chunnaic i an clàradh an tòiseach, ach bha e follaiseach gun robh faireachdainn làidir a' laighe oirre.

'Tha e cho brèagha,' ars ise, a' suidhe ri taobh Vito, a bha air gluasad bhon deasg aige gu sòfa ann an oisean na h-oifis. 'Cho brèagha. Tha e doirbh a chreidsinn gur ann bhon t-saoghal mar a tha e a tha na h-ìomhaighean seo a' tighinn, agus chan ann bho phròpram a chaidh a chruthachadh le neach-ealain air choreigin. Tapadh leat.'

'Tha thu ceart,' arsa Vito, a' toirt glainne uisge dha a charaid. 'Ach a bheil sinn cinnteach gun tàinig e bhon t-saoghal? Sin an dearbh cheist a bh' aig Angela, nach e? 'An e cleas a tha seo?' ars i. Ceò 's sgàthanan. Dè dìreach a tha an Cailèideascop a' sealltainn dhuinn?'

'Chan eil mi cinnteach. Agus 's dòcha nach bi fios nas fheàrr againn gus am bruidhinn sinn ri luchd-saidheans. 'S e a' cheist ge-tà, a bheil sinn airson bruidhinn riutha mus foillsich sinn an sgeulachd?'

'Hmm. Tha mi eadar dà bharail,' arsa Vito, agus an uair sin às dèidh greis, 'Dè mu dheidhinn seo? Tha sinn air a bhith air ar beò-ghlacadh le a bhith a' faicinn ìomhaigh a' Chailèideascoip, ach tha tòrr ri rannsachadh fhathast anns an stuth a dh'fhàg Angela dhuinn. B' urrainn dhuinn rannsachadh nas motha a dhèanamh air sin an toiseach?'

'Deagh bheachd Vito.'

bellamyv0621710001>projektdosieroj>bahia>kalejdoskopo>
angela^brown^nicilledhuinn>registadoj>registrado1

Bha Angela na suidhe ann an taigh a pàrantan. Feasgar a bh' ann agus bha coltas caran dorcha oirre, ged a bha lampaichean air anns an t-seòmar. Thòisich an ìomhaigh aice a' gluasad.

'Feasgar math. Tha mi a' dol a chumail orm, ged a tha mi sgìth.'

'Ach chan eil mi cho sgìth 's a bha mi sna làithean às dèidh dhomh coimhead tron Chailèideascop 'son a' chiad uair. Thug e buaidh mhòr orm. Bha ìomhaigh a' Chailèideascoip maille rium gach diog dhen latha, agus nam bhruadaran cuideachd aig amannan. Mu dheireadh thall, chaidh mi don leabaidh agus cha mhòr nach do chaidil mi airson ceithir latha slàn.

'Nuair a dhùisg mi ceart, bha an t-acras gam tholladh. Ghabh mi fras agus chaidh mi a-mach airson breacaist cheart Albannach – isbeanan 's a h-uile rud. Sin agus poit mhòr teatha. 'S ann glè ainneamh a bhithinn ag ithe sin, ach feumaidh mi a ràdh gun do dh'obraich i. Dh'fhairich mi fada na b' fheàrr, agus chuir mi fòn gu Dr Blackwood gus innse dhi gun robh an obair agam deiseil.

'Choinnich sinn san obair-lann an ath latha.' Choimhead Angela sìos air leabhar-latha a bha ri a taobh. 'Seadh. Diluain an 4mh latha dhen Iuchar a bha sin. Sin an latha nuair a choimhead cuideigin a bharrachd orm fhìn no Brewster tron Chailèideascop. Agus bha faireachdainnean eadar-dhealaichte aig Jane an taca riumsa. An àite iongnadh agus mì-thuigse, thug an Cailèideascop aoibhneas dhi, agus tlachd. Bha i mar nighean bheag, làn gàirdeachais. Agus, air sgàth sin, dh'fhalbh an t-iomagan a bha orm gu ìre mhòr. Bha mi pròiseil gun robh mi air obair Bhrewster a choilionadh, agus nuair a choimhead mi tron Chailèideascop a-rithist an latha a bha sin, thug e toileachas 's sìth dhomh.

'Chuir sinn seachad trì latha a' deasbad ri chèile dè an ath cheum bu chòir a bhith againn. Bha sinn ann an rudeigin de staing. Bha mi ag obair ann an obair-lann aig an oilthigh, ach chan e pròiseact rannsachaidh oifigeil a bha seo idir. Aig a' cheann thall, dh'aontaich sinn gur e an rud a b' fheàrr, planaichean a' Chailèideascoip fhoillseachadh gu fosgailte air an eadar-lìon fo Chead Coitcheann Cruthachail – Creative Commons License – agus gun cleachdamaid làrach-lìn Roinn Innleadaireachd Oilthigh Dhùn Èideann gus sin a dhèanamh. An uair sin, bhiodh làn chomas aig innleadairean agus luchd-saidheans bho air feadh an t-saoghail sùil a thoirt orra gu mionaideach, agus Cailèideascopan eile a chruthachadh dhaibh fhèin, gus dèanamh a-mach dè dìreach a bha an t-inneal a' sealltainn dhuinn.

'Sin a rinn sinn. Air Dihaoine, an 15mh latha dhen Iuchar, Dà Mhìle 's a Sia-deug, thug sinn dhan t-saoghal an Cailèideascop aig Daibhidh Brewster.

bellamyv0621710001>projektdosieroj>bahia>kalejdoskopo>
angela^brown^nicilledhuinn>dokumentoj>anam^27072016

Thar-sgrìobhadh de dh'agallamh còmhla ri Angela NicIlleDhuinn
Aithris na Maidne, BBC Radio nan Gàidheal
Diluain 25 An t-Iuchar 2016

Iain MacIllEathain (IMI): Tha e ochd mionaidean às dèidh a h-ochd. Nise – nuair a bha mise nam bhalach beag, bha dèideag agam a bha gu math sìmplidh, ach gu math brèagha. Cailèideascop a bh' ann – agus tha e fhathast aig an taigh agam an-diugh. Uill, tha tè bhon Eilean Sgitheanach air fàs gu math cliùiteach anns a' choimhearsnachd saidheans, air sgàth Cailèideascop ùr a tha ise air cruthachadh, agus tha stèidhichte air obair a rinn fear-saidheans à Alba anns an naoidheamh linn deug. 'S i Angela NicIlleDhuinn às a' Chill Mhòr ann an Slèite, agus tha i còmhla rinn an-dràsta. Madainn mhath Angela.

Angela NicIlleDhuinn (ANI): Madainn mhath.

IMI: Inns dhuinn an toiseach, dè an diofar eadar an Cailèideascop a th' agam aig an taigh, agus am fear a tha sibhse air cruthachadh.

ANI: Uill, an toiseach bu mhath leam… bu mhath leam a bhith soilleir nach mi a… a chruthaich an Cailèideascop, ach fear-saidheans a bha gu math, gu math ealanta – Sir Daibhidh Brewster. Bha Brewster gu math ainmeil na latha fhèin – bha e na Phrionnspal aig Oilthigh Chill Rìmhinn agus aig Oilthigh Dhùn Èideann, agus am measg iomadh rud inntinneach a rinn e na bheatha, chruthaich e an Cailèideascop. Nise, thug Brewster 'an Cailèideascop Beag' air an fhear a th' agad aig an taigh, agus dìreach 'Cailèideascop' air an fhear mhòr air a bheil sinn a' bruidhinn an-dràsta. Nise, tha an dà chailèideascop sin ag obair ann an dòighean caran coltach ri chèile – 's iad a' cleachdadh sgàthanan agus leansaichean gus buaidh a thoirt air an t-solas. 'S e dìreach gu bheil an Cailèideascop ùr seo fada nas motha, le barrachd sgàthanan agus leansaichean ann. Bha mise fortanach grèim fhaighinn air na notaichean a sgrìobh Sir Daibhidh Brewster air a' Chailèideascop aige, agus rinn mi a-rithist e, a rèir nam planaichean aigesan.

IMI: 'S e sgeulachd annasach a tha sin, mar a fhuair sibh lorg air na notaichean aig Brewster, ach tha amharas agam gum feum sinn sin fhàgail airson latha eile. Nist – tha fhios aig cha mhòr a h-uile duine dè a chì iad ma choimheadas iad tro chailèideascop beag – cailèideascop àbhaisteach – ach dè chì iad tro Chailèideascop Mòr?

ANI: Uill, tha... tha... feumaidh mi a ràdh nach eil làn fhios againn air sin fhathast. Tha fios againn gu bheil e... brèagha – gu math, gu math brèagha – agus... gu bheil e a' sealltainn gur dòcha gu bheil ceangal ann eadar a h-uile rud sa chruinne-chè. Bidh an ceangal sin a' nochdadh tron Chailèideascop mar sholas òr a' tighinn às a h-uile rud, agus tron a h-uile rud, agus a tha gar cuairteachadh uile. Nise, chan eil fhios againn le cinnt dè tha san t-solas seo, ach tha daoine a tha fada nas glice na tha mise air a bhith a' beachdachadh air... air sin... bhon a chaidh planaichean a' Chailèideascoip fhoillseachadh, agus tha cuid de na beachdan sin gu math inntinneach.

IMI: Uill, tha mi fhèin air clàradh a rinn cuideigin, fhad 's a bha iad a' coimhead tro Chailèideascop, fhaicinn air làrach-lìn a' BhBC, agus tha sibh ceart, tha e gu math, gu math tarraingeach. Ach a' tilleadh dhan t-saidheans… tha cuid a-nist ag ràdh gur dòcha gu bheil ceangal ann eadar an solas òr seo a bhios a' nochdadh tron Chailèideascop, agus rud saidheansail eile a bha air bilean an t-sluaigh o chionn greis – an Higgs Boson.

ANI: Tha sin ceart. Tha… uill… chan e… chan e neach-saidheans a th' annam. Tha mi nam innleadair. Le sin, chan eil mi a' greimeachadh gu h-iomlan air dè tha an luchd-saidheans seo aig Oilthigh Stanford ag ràdh mu dheidhinn na Higgs. Ach cho fad 's a tha mi ga thuigsinn, tha iad a' cur air adhart beachd gur dòcha gu bheil an Cailèideascop a' sealltainn dhuinn an Higgs Field… gu bheil an Cailèideascop a' dèanamh an Higgs Field follaiseach dha na sùilean againn ann an dòigh air choreigin. Nise, tha… an Higgs Field, sin raon de lùths a chaidh a chruthachadh nuair a bha an cruinne-cè gu math, gu math òg agus a thug cothrom don chruinne-chè fàs gu math, gu math, mòr ann an ùine gu math, gu math, beag. Agus gu dearbha, tha an Raon Higgs fhathast ann agus tha e a' cuairteachadh a h-uile rud sa chruinne-chè.

IMI: Agus a bheil sibh a' smaoineachadh gu bheil iad ceart – gur e an Raon Higgs a tha an Cailèideascop a' sealltainn dhuinn?

ANI: Chan eil fhios agam. Mar a thuirt mi, chan e

neach-saidheans a th' annam. Ach... tha e... dhòmhsa dheth, tha e a' dèanamh ciall. Tha fhios gu bheil comas againn raointean eile fhaicinn... sin a th' ann an solas... pàirt den raon dealan-mhagnaiteach. Agus le sin, 's dòcha... 's dòcha gu bheil iad ceart.

IMI: Tha sibh air a ràdh turas no dhà a-nist, nach eil sibh nur neach-saidheans, ach tha an Cailèideascop air aire luchd-saidheans a ghlacadh gu mòr. Agus aire iomadh duine eile. Ciamar a tha sibh a' faireachdainn mu dheidhinn sin?

ANI: Tha e... doirbh. Tha mi toilichte gun do shoirbhich leinn le a bhith a' cruthachadh a' Chailèideascoip – agus bu mhath leam taing a thoirt do Roinn na h-Innleadaireachd aig Oilthigh Dhùn Èideann, agus gu h-àraid don Dr Jane Blackwood airson na taic a fhuair mi fhad 's a bha mi ag obair air seo. È.. aidh... tha mi toilichte gu bheil an Cailèideascop a-muigh an sin agus gu bheil an obair ealanta a rinn Sir Daibhidh Brewster a' faighinn aithneachadh. Agus gu bheil daoine air feadh an t-saoghail a-nist a' dèanamh Chailèideascopan eile. Ach... tha mi... 's e rud ùr a tha seo dhomh, a bhith a' bruidhinn ris na meadhanan 's eile – ann am Beurla no ann an Gàidhlig. Tha e math gu bheil ùidh aig daoine anns a' Chailèideascop, ach an-diugh tha mi gu bhith a' bruidhinn ri luchd-naidheachd ann an Aimearagaidh, ann an Canada, san Fhraing, Iapan... a h-uile àite. Tha e air a bhith caran cracte. Tha mi a' coimhead air adhart ri beagan fois uaireigin.

IMI: Uill, Angela, tha mi duilich nach eil ùine nas motha againn bruidhinn mun Chailèideascop, ach tha mi 'n dòchas gun till sibh gus bruidhinn air a-rithist. Sgeulachd inntinneach a th' ann, agus inneal iongantach. Mòran taing a-rithist. Angela NicIlleDhuinn an sin, a' bruidhinn rinn à Dùn Èideann. Agus mar a thuirt mi, gheibh sibh cothrom an Cailèideascop fhaicinn air an làrach-lìn againn aig bbc.co.uk/naidheachdan. Tha e ochd mionaidean deug às dèidh a h-ochd.

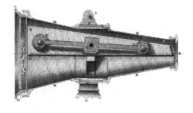

8

bellamyv06217100o1>projektdosieroj>bahia>kalejdoskopo>
angela^brown^nicilledhuinn>registadoj>registrado1

'BHA DEIREADH AN Iuchair sin gu math doirbh dhomh.'
Thog Angela a casan agus chuir i a gàirdeanan timcheall a glùinean. Bha i sàmhach airson greis.

'Aidh. Gu math doirbh. Dh'iarr prògram naidheachd bho na Stàitean – prògram aig ABC a bh' ann – dh'iarr iad orm a dhol a-null a New York gus agallamh a dhèanamh dhaibh. Bhiodh iad deònach pàigheadh airson a h-uile rud – agus $5,000 a thoirt dhomh a bharrachd air sin. Cha deach mi ann. Ach 's ann an uair sin a thuig mi dè cho mòr 's a bha seo.

'Bha am fòn agam a' dol a h-uile diog, eadar luchd-naidheachd, càirdean, agus caraidean. Companaidhean mòra a' tabhann deals dhomh. Cha do thuig mi sin idir. Bha làn chead aca na planaichean aig Brewster a chleachdadh gun chead bhuamsa no duine sam bith eile. Bha e mar nach robh tuigse aca air dè bh' ann an Cead Coitcheann Cruthachail. 'S dòcha nach robh.

Tha iad beò ann an saoghal far a bheil prìs air gach rud, agus far a bheil na nithean sin uile air an dìon le balla de chòirichean laghail. Co-dhiù. Cha robh iad fada ag ionnsachadh.

'Ged a bha na planaichean fosgailte do dhuine sam bith, cha robh mòran ann aig an robh comas Cailèideascop a dhèanamh. Dh'fheumadh sgilean a bhith aig daoine ann a bhith a' togail rudan meacanaigeach, agus bhiodh aca ri pàigheadh airson stuth, mar phrìomh phìosan an inneil fhèin agus na leansaichean 's sgàthanan, air neo comas a bhith aca na pìosan sin a chruthachadh iad fhèin.

'Bha daoine ann mar sin ge-tà. An fheadhainn a bha an sàs sna h-Obair-lannan Fosgailte air feadh an t-saoghail.

'Cha do bhruidhinn mi ri mòran charaidean aig an àm sin, ach rinn mi cinnteach gun do bhruidhinn mi ri José 's Penelope. Bha mi eòlach orra bhon Obair-lann Fhosgailte ann am Madrid. Bha iad air na naidheachdan mun Chailèideascop fhaicinn, agus bha iad ag obair air dòigh gus Cailèideascop a thogail, a' cleachdadh nan innealan a bha ri làimh san obair-lann. Chùm sinn oirnn, a' bruidhinn airson cha mhòr seachdain slàn air Skype 's eile – mise a' toirt sùil air na bha iad a' dèanamh fhad 's a bha iad ag obair. Agus aig a' cheann thall, shoirbhich leotha. Dh'fhoillsich iad na dòighean-obrach aca, agus na h-atharraichean beaga a thug iad air na planaichean gus an dèanamh freagarrach do dhaoine a bha ag obair ann an obair-lann fhosgailte.'

Chuir Angela a casan sìos.

'Agus bha mi air mo dhòigh. Bha e cudromach dhomh gum biodh comas aig a h-uile duine Cailèideascop a thogail dhaibh fhèin. Bha fios agam nach gabhadh mòran an cothrom sin, ach nan robh ùidh aca, agus beagan ùine 's airgid, cha robh càil aca ri dhèanamh a-nist ach sùil a thoirt air na rinn José 's Penelope.

'Càit a bheil sinn a-nist?' Thog Angela leabhar-latha agus thug i sùil air.

'Seadh. Toiseach an Lùnastail. Mar a thuirt mi, cha robh na companaidhean mòra slaodach ann a bhith a' tuigsinn gun robh cead aca na planaichean a chleachdadh. Thòisich iad a' togail Chailèideascopan agus gan reic. Bha sin ceadaichte dhaibh, agus cha do chuir e dragh orm. Ach, mhothaich mi gun robh cuid dhe na companaidhean air a bhith gu math soirbheachail ann a bhith a' dèanamh nan Cailèideascopan aca nas lugha agus nas saoire. Ach cha robh iad air an rannsachadh aca fhoillseachadh, agus chuir sin an dearg chaothach orm. Mì-thuigse a-rithist. Fon Chead Choitcheann, bha làn chead aca na planaichean a chleachdadh agus Cailèideascopan a thogail 's a reic. Ach nan robh iad air adhartas no atharrachadh a thoirt air na planaichean, bha aca ri sin fhoillseachadh gu poblach – agus sin fo Chead Coitcheann – gus am biodh comas aig daoine eile na planaichean ùra a chleachdadh.

'Cha robh na companaidhean a' dèanamh sin. B' e an trioblaid ge-tà, nach robh comas agam an toirt gu lagh. Sgrìobhainn puist-d thuca, ach cha robh ùine agam sùil a thoirt gu mionaideach air na bha iad uile a' dèanamh.

'Bha beachd math aig Penelope. Thòisich i bruidhinn ris a' Bhunait Uicipeid, aig an robh tuigse nas fheàrr air còirichean agus air a bhith a' togail airgead. 'S e am plana aig Penelope, gun cuireadh sinn bunait eile air dòigh, Bunait a' Chailèideascoip. Chuireadh a' Bhunait Uicipeid taic ri sin, agus beagan airgid gus a thòiseachadh. An uair sin, bhiodh Bunait a' Chailèideascoip a' reic Chailèideascopan 'oifigeil' mar gum biodh.' Rinn Angela comharran-labhairt san adhar le a corragan. 'An uair sin, rachadh na prothaidean a sgaoileadh, le trì chairteal a' fuireach le Bunait a' Chailèideascoip, agus cairteal a' dol dhan Bhunait Uicipeid. Dh'iarr mi air Penelope sin a ghabhail os làimh, agus tha José a' coimhead air dòighean gus na Cailèideascopan oifigeil a thogail ann an dòigh cheart, gun a bhith an urra ri companaidhean nach eil a' pàigheadh ceart, no a bhios ag obair ann an dòigh neo-sheasmhach.'

Ghluais Angela rud beag air an t-sòfa agus an uair sin shuidh i air ais.

'Tha fios a'm. Tha m' athair ag ràdh gur e fìor hippie a th' annam. Tha e ceart. 'S mi a tha coma. Tha 's esan.

'Co-dhiù, tha iadsan ag obair air sin agus tha na còmhraidhean a' dol fhathast. Ma thèid leinn, bidh Bunait ann anns am bi airgead 's comas sùil gheur a chumail air na companaidhean mòra gus dearbhadh gu bheil iad ag obair a rèir an lagha.'

Stad Angela airson greis. Thòisich i a' cluich leis an leabhar-latha aice – ga fhosgladh 's ga dhùnadh. Gu h-obann, chuir i sìos e.

'Chì sinn dè thachras. Tha mi gu math amharasach mu dheidhinn chùisean, air sgàth na tha air tachairt sna làithean a dh'fhalbh.

'Co-dhiù. Feumaidh mi aideachadh gu bheil na companaidhean mòra math ann an dòigh ge-tà. Tha iad air adhartas mòr a dhèanamh leis a' Chailèideascop. Tha iad pailt 's saor a-nist. Tha e a' cur nam chuimhne na thachair leis a' Chailèideascop Bheag aig Brewster – an dòigh san deach sin a sgaoileadh fad 's farsaing, 's a h-uile fear 's tè airson coimhead air. Uill, sin na tha a' tachairt leis a' Chailèideascop Mhòr a-nist. Chuireadh sin iongnadh air Brewster tha mi cinnteach – gun gabhadh a leithid a dhèanamh. A bhith a' dèanamh nam mìltean, nam milleanan, de Chailèideascopan aig prìs gu math reusanta. Tha e mar chomharra air cho fad 's a tha an teicneòlas air tighinn thar nam bliadhnaichean. Ach teicneòlas ann no às, cha bhiodh an Cailèideascop ann mura robh an obair aig Brewster ann. Tha mi 'n dòchas gum faigheadh e toileachas às gu bheil an t-inneal aige ann an làmhan dhaoine air feadh an t-saoghail a-nist.

'Ach tha mi a' smaoineachadh gur e an rud a bhiodh na b' inntinniche dha, an rannsachadh a tha an luchd-saidheans a' dèanamh air. Nuair a leugh mi mu na beachdan aig an fheadhainn sin aig Oilthigh Stanford mu dheidhinn an Raoin Higgs, an toiseach cha robh mi cinnteach idir. Ach às dèidh beagan uairean a thìde, shaoil leam gur dòcha gu bheil iad ceart. 'S e an rud gu bheil neart an raoin sin gu math lag, mar a tha an raon grabhatach. Bhiodh e na mhìorbhail nan robh an Cailèideascop a' toirt buaidh air an raon dhealan-mhagnaiteach chun na h-ìre far an gabh fhaicinn le do dhà shùil. Ach, 's dòcha gu bheil an dòigh sa bheil an Cailèideascop ag obair air an t-solas – reflecting and refracting – ga ath-thilgeadh agus ga ath-bhriseadh – agus an dòigh 's a bheil e a' toirt pòlarachadh air – 's dòcha gu bheil sin gu leòr gus an Raon Higgs a dhèanamh follaiseach. Chan e gu bheil sinn a' faicinn an raoin fhèin, ach tha sinn a' faicinn buaidh an raoin air an t-solas. Thug Oilthigh Stanford cuireadh dhomh a dhol ann gus òraid a dhèanamh, agus bha beachd agam sin a dhèanamh gus am biodh cothrom agam bruidhinn ris an sgioba a tha ag obair air a' Chailèideascop… ach a-nist…'

Bha Angela sàmhach airson greis. Bha e coltach gun robh na deòir na sùilean. Às dèidh mionaid no dhà, thog i a ceann a-rithist.

'Co-dhiù. Chan urrainn dhomh a bhith ro dhubhach. Chan eil fhios agam carson, ach tha mi a' faireachdainn fada nas fheàrr na bha mi o chionn beagan sheachdainean, a dh'aindeoin na tha air tachairt.'

bellamyv0621710001>projektdosieroj>bahia>kalejdoskopo>
angela^brown^nicilledhuinn>dokumentoj>ny^times^05092016

'The Kaleidoscope: Is it lighting us from within?'
An essay by Frances Burr. *New York Times Magazine*, Diluain 5 An t-Sultain 2016

Dè an t-inneal a chaidh a chruthachadh leis an neach-saidheans Sir Daibhidh Brewster ann an 1817? Air ur n-onair. Nan deigheadh a' cheist sin a chur oirbh ann an geama *Trivial Pursuit* anns an Ògmhios, am biodh freagairt agaibh?

Cha mhòr nach eil e cinnteach gum biodh làn fhios agaibh an-diugh, agus an Cailèideascop a chruthaich Brewster ri fhaicinn ann an taighean air feadh nan Stàitean Aonaichte. Cha mhòr nach eil sinn uile eòlach air sgeulachd romansach Angela NicIlleDhuinn; mar a fhuair i lorg air planaichean Bhrewster ann am bùth seann leabhraichean ann an Dùn Èideann; mar a chuir i na planaichean sin gu feum; agus mar a thug i na planaichean dhan t-saoghal, gun a bhith a' smaoineachadh air airgead, no cliù, no aithneachadh.

Sgeulachd tharraingeach. Agus pàirt dhen adhbhar airson sin, 's e gu bheil na rinn NicIlleDhuinn a-mach às an àbhaist sna làithean a tha seo: nan robh i air an Cailèideascop a chumail dhi fhein; nan robh i air na còirichean agus peutantan a ghleidheadh; nam biodh i air a dhol air Letterman, 's *Good Morning America* gus an Cailèideascop a thaisbeanadh 's a reic dhuinn – 's cinnteach gur e boireannach gu math beairteach a bhiodh innte an-diugh.

Ach cha d' rinn i sin. Ceist eile. Air ur n-onair. Nan robh sibhse air a bhith san aon shuidheachadh, an dèanadh sibhse mar a rinn a' bhan-Albannach òg?

Gu h-inntinneach – tha rannsachadh ùr a' cur air adhart beachd gur dòcha nam biodh sinn air a' cheist sin fhaighneachd san Ògmhios, bhiodh freagairt dhiofraichte air a bhith ann an uair sin an taca ris an-diugh. Agus sin air sgàth a' Chailèideascoip.

'S dòcha nach eil e na iongnadh gu bheil muinntir nan Stàitean Aonaichte cho dèidheil air a' Chailèideascop. Tha eachdraidh ann eadar Aimearagaidh, Sir Daibhidh Brewster, agus an Cailèideascop aige.

A rèir Chomunn Chailèideascop Bhrewster:

> Sir D.B., as he was called by his friends, paid little attention, if any, to genealogy except for the suggestion that one of his ancestors, Elder William Brewster, led the noble band of English dissenters to America on the *Mayflower* in 1620.

Nuair a chaidh an Cailèideascop Beag (nach eil e neònach cho cumanta 's nàdarra a tha an abairt sin dhuinn an-diugh: abairt nach robh againn idir o chionn ach beagan sheachdainean) fhoillseachadh le Brewster an toiseach ann an 1817, thug e na còirichean gus an dèanamh do dh'aon chompanaidh a-mhàin – companaidh ann an Lunnainn a bha leis an fhear-thogail leansaichean ainmeil Philip Carpenter. Ge-tà, nuair a chaidh còrr 's 200,000 Cailèideascopan Beaga a reic ann an Lunnainn 's Paras, agus sin ann an trì mìosan, chaidh Brewster air ais gu Carpenter, ag iarraidh cead bhuaithe na còirichean a thoirt do fhactaraidhean eile aig am biodh comas iarrtas mòr a' phobaill a choileanadh. Fhuair e sin, agus bha fear dhe na prìomh fhactaraidhean sin ann an Aimearagaidh – The H.M. Quackenbush Co., stèidhichte ann an Stàit Uachdair New York. Chaidh na milleanan a reic air feadh Aimearagaidh a Tuath.

Tha an cailèideascop air a bhith mar phàirt

dhen dùthaich seo fad ghinealachdan ma-thà. Tha e follaiseach gu bheil e air buaidh a thoirt air na h-ealain 's air fasan (saoil am biodh saidhgedelia ann mura robh cailèideascop ann an Aimearagaidh?). Agus le sin, tha e air inntinnean dhaoine atharrachadh, a' toirt sheallaidhean dhaibh nach robh ann roimhe agus a' fosgladh dhaibh dòighean eile gus coimhead air an t-saoghal.

Ach sin an Cailèideascop Beag. A bheil an Cailèideascop Mòr a' toirt buaidh air ar n-inntinnean cuideachd? Agus ann an dòighean gu math bunaiteach?

Bha mise fortanach cuireadh fhaighinn a dh'fhaicinn fear dhe na prìomh Chailèideascopan Mòra anns na Stàitean aig NYU san Iuchar. Agus, bha mi fortanach grèim fhaighinn air fear de na ciad Chailèideascopan coimearsalta a bhathas a' reic anns na Stàitean Aonaichte aig toiseach an Lùnastail. Bhon toiseach, bha mi air mo bheò-ghlacadh leis an inneal, agus chuirinn seachad uairean fada a' coimhead air an t-sealladh bhrèagha, agus a' cluich leis na leansaichean 's na sgàthanan gus buaidh a thoirt air an t-solas ann an dòighean eadar-dhealaichte.

Le sin, tha mi cinnteach gu bheil mi am measg nan daoine as trice a tha air ìomhaigh a' Chailèideascoip fhaicinn ann an Aimearagaidh: 's docha anns an t-saoghal. Agus tha mo phearsantachd air atharrachadh anns na seachdainean a tha mi air a bhith ga chleachdadh.

'S i mo bhean a tharraing m' aire thuige.

'Cha mhòr nach eil e na thlachd a bhith a' fuireach

còmhla riut na làithean sa,' ars ise (an fhìrinn a th' aice, chan eil mi a' tuigisnn carson a tha i fhathast còmhla rium. Am Manhattan Misanthrope a th' aice orm).

'An toiseach,' ars ise, 'bha mi a' smaoineachadh gun robh thu a' falbh le cuideigin eile, ach chan e sin a th' ann idir. 'S e an Cailèideascop ud. Tha e a' toirt solas dhut.'

An toiseach, cha robh mi ga creidsinn. Ach mean air mhean, bhiodh i a' cur stad orm nuair a bhithinn a' dèanamh rudeigin a-mach às an àbhaist.

Tha mi nas dualtaiche a bhith a' bruidhinn ri daoine air an Subway. Tha mi nas deònaiche beagan airgid a thoirt seachad do bhaigearan air na sràidean. Fiù 's ann an argamaid (chan eil dad nas fheàrr na deagh argamaid) tha mi a' toirt cothrom nas motha do dhaoine na puingean aca fhèin a dhèanamh.

'Cò thusa, agus dè tha thu air a dhèanamh le Frances Burr?' mar a dh'fhaighnich mo charaid Bell dhìom.

Mar Manhatanach bourgeois snog, chaidh mi a bhruidhinn ri Dotair a' Chinn.

Tha eachdraidh ann eadar mi fhìn 's Dr Frederico Gonzales. Bha latha ann nuair a bhithinn a' tadhal air dà thuras gach seachdain – ach bha sin anns na làithean nuair a bha deoch, 's drogaichean 's toitean nam bheatha. Sin uile agus Seòras Walker Bush. Nach beag an t-iongnadh gun robh mi feumach air taic eòlaiche-inntinn?

Cha mhìnich mi na bha a' dol nam cheann aig an àm sin, ach canaidh mi nach robh e math, agus gu bheil earbsa agam ann an obair Dr Frederico, agus meas mòr air mar dhuine (fiù 's ged a tha coltas air mar seann rionnag bho Télénovella air choreigin). Tha mi fhathast ga fhaicinn a h-uile dà mhìos – an turas mu dheireadh o chionn cola-deug.

Mhìnich mi dha na bha a' tachairt. Mar as àbhaist, bha e coibhneil, smaoineachail, ag èisteachd nas motha na bruidhinn. Mus deach mi ga fhaicinn, shaoil leam gun canadh e rium nach robh càil anns a' chùis – gur e buaidh na h-aois a bha a' toirt atharrachadh air a' phearsantachd agam, agus nach b' e buaidh a' Chailèideascoip.

Ach nuair a bha mi deiseil leis an sgeulachd agam, ars esan: 'Tha sin gu math inntinneach Frances. Tha caraid agam aig NYU a tha ag obair air a' cheist seo an-dràsta, 's cuid eile ag ràdh gu bheil iad air atharraichean aithneachadh nam pearsantachd, coltach ri na tha thusa air fhaireachdainn. Carson nach tèid sinn ann gus bruidhinn ris?'

Greis nuair a bha mi nam oileanach ann an NYU, rinn mi beagan airgid bho a bhith a' gabhail pàirt ann an deuchainnean aig Roinn an t-Saidhg-eòlais: a bhith a' cluich gheamannan le daoine eile air nach robh mi eòlach (teòirig gheamannan); a' tighinn gu co-dhùnadh an robh mi a' dol a thoirt cuibhreann airgid do chuideigin eile, às dèidh dhomh faclan eadar-dhealaichte a leughadh (teòirig saidhg-eòlas cànanach).

Tha e coltach nach eil mòran air atharrachadh ann an Roinnean Saidhg-eòlais bho na làithean a tha sin. Nuair a chaidh sinn a bhruidhinn ri Dr Pascal Benoit (bho Mhontreàl, speuclairean, feusag, mu 50 bliadhna a dh'aois, an seòrsa fir a tha na hipsters a' coimhead air mar mhodail) bha na h-aon seòmraichean sgrùdaidh ann agus na h-aon sèithrichean plastaig. Ach tha camarathan beaga aca a-nist, an àite sgàthanan mòra dà-sheallach.

Chuir Dr Benoit fàilte oirnn, agus dh'èist e ris an sgeulachd agam.

'Chan eil thu nad aonar,' ars esan. 'Tha an rannsachadh seo aig ìre thràth fhathast, ach 's coltach gur dòcha gu bheil an Cailèideascop a' toirt atharrachadh air pearsantachd dhaoine. Chan e cruth-atharrachadh, ach atharrachadh beag. 'S toil leam gu mòr an abairt sin aig do bhean: 'Tha e a' toirt solas dhut.' 'S e buaidh aotrom a tha seo. Thuirt aon tè rium gu bheil an Cailèideascop mar sholas na grèine dhi – solas air latha socair ciùin earraich. A bheil thu airson fhaicinn?'

Chaidh sinn a-steach air obair-lann agus shuidh mi sìos. Chuir Dr Benoit eleactrodan air mo cheann – feumaidh mi aideachadh gun robh mi caran iomaganach. Air beulaibh an t-sèitheir far an robh mi, bha Cailèideascop a bha a' coimhead air cruinneachadh de stuth àbhaisteach – leabhraichean, peansailean, lampa, botal uisge, agus dà òr-iasg a' snàmh ann am bobhla. Nuair a bha a h-uile rud deiseil, dh'fhalbh Dr Benoit agus Dr Frederico dhan obair-lann. Às dèidh beagan mhionaidean thàinig guth Dr Benoit air an labhraiche, 's e ag iarraidh orm coimhead tron Chailèideascop.

Tha daoine ann aig a bheil tàlant sgrìobhaidh nas fheàrr na th' agamsa, agus tha iadsan mar-thà air cunntasan luachmhor a thoirt dhuinn mu shealladh a' Chailèideascoip. Chan fhiach leamsa cur ris an stòras sin. Canaidh mi ge-tà, gun robh an dà òr-iasg sin, a' snàmh mun cuairt air a chèile sa chruinne-chè bheag ghlainne aca, gu socair, gu slaodach, solas a' Chailèideascoip a' taomadh asta – na shealladh nach tèid a-mach às mo chuimhne gu bràth.

Nuair a bha sinn deiseil, dh'iarr Dr Benoit orm 's air Dr Frederico a dhol airson cofaidh – bhiodh e beagan mhionaidean a' deisealachadh thoraidhean na deuchainn. Nuair a thill sinn, bha e na shuidhe air beulaibh a choimpiutair-uchd, a' coimhead air ìomhaigh dhen eanchainn agam.

'Seall. Seo mar a bha d' eanchainn a' nochdadh mus do thòisich thu a' coimhead tron Chailèideascop, agus seo mar a bha i fhad 's a bha thu a' coimhead troimhe. Chì thu gu bheil beagan a bharrachd a-nist a' tachairt anns na raointean seo. Seo agad an anterior insular cortex, a tha ceangailte ri conaltradh agus co-fhaireachdainn.

'Mar a thuirt mi, chan e buaidh mhòr a tha seo idir. Tha e aotrom, ach tha e an sin, agus 's dòcha gu bheil e gu leòr gus atharrachadh a thoirt air an dòigh sa bheil daoine a' dèiligeadh ris an t-saoghal.'

Chuir Dr Federico ceist air: 'Ach tha fios againn gu bheil comas aig stimuli aotrom buaidh mhòr a thoirt air siostaman, ma tha iad a' dol airson ùine fhada.'

'Tha sin ceart,' fhreagair Dr Benoit. 'Ach leis gu bheil an t-inneal seo cho ùr, chan eil fhios againn fhathast dè cho mòr a bhuaidh air dòighean smaoineachaidh dhaoine. Tha tòrr rannsachaidh a dhìth fhathast.'

'Ach tha mise a' cleachdadh a' Chailèideascoip a h-uile latha,' arsa mise. 'A bheil mi ann an cunnart?'

'Mar a thuirt mi,' fhreagair Dr Benoit, 'chan eil fhios agam le cinnt. Nan robh agam ri freagairt a thoirt seachad, chanainn gur e an t-aon chunnart gur dòcha a bhios ann, gun tig atharrachadh air an eanchainn agad, agus le sin air do phearsantachd. Bidh na comasan agad co-fhaireachdainn a thaisbeanadh, agus na comasan conaltraidh agad, a' fàs nas làidire le ùine.'

'Fàsaidh mi... gu bhith na mo dhuine snog.'

'Mura robh càirdeas 's co-fhaireachdainn mar phàirt dhen phearsantachd agad idir, no aig ìre gu math ìosal, tha mi a' smaoineachadh nach dèanadh an Cailèideascop mòran diofar. Ach nan robh na comasan sin agad, dheigheadh an neartachadh. Seadh. 'S dòcha gun tig solas a bharrachd thugad, mar a thuirt do bhean. Ach – mar a thuirt mi – tha e fada ro thràth fhathast a bhith cinnteach ann an càil sam bith.'

Leis gu bheil mi air a bhith a' cleachdadh a' Chailèideascoip nas motha na tha a' mhòr-chuid, dh'aontaich mi le Dr Benoit a bhith mar phàirt dhen rannsachadh aige anns na mìosan ('s dòcha bliadhnaichean) a tha romhainn.

A bheil an t-eagal orm bhon Chailèideascop a-nist? Air m' onair, chan eil. Tha mi fhathast ga chleachdadh a h-uile latha, agus tha e fhathast a' toirt toileachas 's sìth dhomh.

'S dòcha gu bheil e a' toirt atharrachadh air mo phearsantachd. (Agus tha mi air a bhith a' smaoineachadh – an tug e atharrachadh air pearsantachd Angela NicIlleDhuinn? An e sin as coireach gun robh i cho fialaidh leis an inneal mhìorbhaileach a tha seo? Às dèidh na tha mi air leughadh 's air cluinntinn mu deidhinn, tha mi a' smaoineachadh gur dòcha gun robh sin mar phàirt dhen tè òg seo mar-thà.)

Ach fiù 's ma tha e a' toirt buaidh orm, chan eil an Cailèideascop a' cur iomagan orm. Fhathast co-dhiù. Tha mise – mar a tha sinn uile – beò ann an làithean dorcha. Agus air làithean mar sin, tha sinn uile feumach air solas a bharrachd.

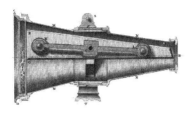

9

BHA ANNA NA suidhe ri taobh na h-uinneige anns a' flat aice, a' gabhail cupan teatha agus a' coimhead a-mach air a' Bhaile. Chòrd an sealladh rithe.

Mar a bha a' chuid as motha de dh'àitichean-còmhnaidh air na planaidean a-muigh, bha am Baile air Caileasto fon talamh. Bha deagh adhbharan ann airson sin. Bha e fada nas fhasa dìon a chur air daoine an uair sin, bho stuth rèidio-beò, agus bhon teas no an fhuachd a bhiodh ri fhaighinn air uachdar na planaid far an robh iad. Bha e nas fhasa èadhar a chumail na àite. Agus bha e cuideachd nas fhasa iom-tharraing a chruthachadh.

Bha am Baile mar shiolandair, dà chilemeatair tarsainn, agus còig cilemeatair bho cheann gu ceann, a bha a' tionndadh gu slaodach gus buaidh iom-tharraing a thoirt air na daoine a bha a' fuireach ann. Chaidh an siolandair a dhèanamh le aluiminium, agus bha e a' suidhe ann am meadhan toll mòr a chaidh a thoirt a-mach bho Chaileasto le ròbotan ann an

2070. Chaidh an siolandair a chumail na àite san toll seo le raon dealan-mhagnaiteach, a' ciallachadh nach biodh e a' bualadh an aghaidh na creig fhad 's a bha e a' tionndadh mun cuairt. Air gach ceann den t-siolandair, bha solais mhòra, a bhiodh a' tighinn 's a' falbh tron latha 's tron oidhche. Taobh a-staigh an t-siolandair, bha mu 30 cilemeatair ceàrnagach dè dh'àite ann far an robh flataichean, 's pàircean, 's taighean-bidhe, 's gailearaidhean 's sgoiltean, 's stòran, 's a h-uile rud eile a bha riatanach airson beatha cheart. Bha muinntir a' Bhaile gu math pròiseil gun robh iad a' fuireach ann am fear dhe na bailtean as motha ann an Siostam na Grèine – an fheadhainn nach robh air an Talamh co-dhiù. Bha mu 31,400 neach ann – agus àite gu leòr ann airson nam mìltean mòra a bharrachd air sin.

Bha gach baile air na planaidean a-muigh caran diofraichte, leis na togalaichean gu tric mar mhactalla air stoidhle ailtireachd a bha a' còrdadh ris an fheadhainn a thog an toiseach e. Ach ged a bha na stoidhlichean diofraichte, bha a' chuid as motha dhe na bailtean – air planaidean, air gealaichean, air astaroidean, no anns an fhànas – air an cruthachadh ann an dòigh coltach ris a' Bhaile: siolandairean mòra aluiminium a' tionndadh gun sgur.

Thuirt daoine gun robh am Baile air Caileasto coltach ri New York anns an naoidheamh linn deug – flataichean ann an clach donn le trì ùrlaran annta, a' seasamh air sràidean fada ann an loidhnichean dìreach – na togalaichean poblach gu tric ann an stoidhle chlasaigeach. Cha robh càraichean ann, ach bha baidhsagalan agus siostam de thramaichean aotrom ann.

Mar New York, bha aon phàirc mhòr anns a' Bhaile – aon chilemeatair ceàrnagach, agus pàirc bheag eile ann am meadhan gach fear dhe na seachd sgìrean ionadail, 's iad uile le raointean-cluiche annta, 's àitichean ann cuideachd airson consairtean 's spòrs, agus pìosan far am b' urrainn do dhaoine dìreach suidhe no laighe air an fheur, a' gabhail na grèine, gu sàmhach, gu socair.

Bha Anna gu math toilichte anns a' Bhaile. Rugadh i air Robinson, prìomh bhaile Mars – an aon àite a bharrachd air an Talamh far an robh baile air uachdar na planaid, 's e air a chòmhdachadh le teanta mhòr phlastaig. Bha a pàrantan an sin fhathast. Thàinig i gu Caileasto airson co-labhairt o chionn ceithir bliadhna. Chòrd e cho mòr rithe gun do dh'fhuirich i.

Ghabh Anna balgam teatha agus choimhead i an-àird. Cha robh sealladh mar seo ann an Robinson, no air baile sam bith air an Talamh. Bha am Baile os a cionn, na sràidean mar bhogha-frois às dèidh bogha-frois a' siubhal a-null ann an sreath gu ceann an t-siolandair, far an robh solais na maidne a' deàrrsadh.

'Anna,' ars an Griod ann an guth socair boireann, 'tha teachdaireachd bhidio air tighinn bho Ruaraidh Dubcek. A bheil thu airson fhaicinn an-dràsta?'

'Tha gu dearbh. Tapadh leat, a Ghriod.'

Nochd sgàilean san adhar mu mheatair gu leth air thoiseach air far an robh Anna na suidhe. Air an sgàilean bha aodann fear òg le falt donn agus feusag bheag anns an robh ruadh cuideachd a' nochdadh. Bha speuclairean air. Cha robh feum aig duine sam bith air speuclairean na làithean sa, ach bhiodh cuid gan cleachdadh mar fhasan – gu h-àraid 's dòcha feadhainn a bha an sàs ann an eachdraidh. Chunnaic Angela faileasan ann an glainne nan speuclairean – uinneag, agus dathan liath 's gorm.

B' ann an Obar Dheathain a bha Ruaraidh Dubcek, am fear ris an robh Vito a' bruidhinn gus comhairle fhaighinn mu dheidhinn na Gàidhlig. Bha Gàidhlig aige mar chànan mhàthaireil, agus bha e na eòlaiche air eachdraidh 's cultar a' chànain. Bha Vito air a bhith a' bruidhinn ri Ruaraidh tro theacsa, ach bha Anna air teachdaireachd bhidio a chur thuige – rud a bha nas modhaile. Cha robh Vito cho math air modh. Bha Anna airson coinneachadh ris. Bha faireachdainn aice gum biodh e na chuideachadh mòr, agus bha e ro dhoirbh bruidhinn tron Ghriod, agus dàil leth-uair a thìde ann eadar Caileasto 's an Talamh.

Chuir Anna sìos am muga aice air bòrd a bha ri taobh na h-uinneige.

'Tha mi deiseil a-nist,' ars ise.

'Madainn mhath Anna,' thòisich am fear òg a' bruidhinn. 'Ruaraidh an seo ann an Alba. Seadh. Mòran taing airson do theachdaireachd. Agus... aidh... bhithinn gu math deònach coinneachadh gus bruidhinn air seo – tha fios agam gu bheil e doirbh leis nach urrainn dhuinn bruidhinn beò. 'S e an rud ge-tà, gu bheil mi gu bhith ann an Dùn Èideann nuair a tha thu am beachd a thighinn ann. Tha mi 'n dòchas gu bheil sin ceart gu leòr. Cuir fios thugam. Mar sin leat.'

Stad an ìomhaigh.

Och uill, cha robh Anna a-riamh ann an Dùn Èideann, no fiù 's ann an Eileanan a' Chuain Shiaraich. Turas math a bhiodh ann. Choimhead i air an fhear òg leis an fheusaig. Aidh, deagh thuras.

bellamyv0621710001>projektdosieroj>bahia>kalejdoskopo>
angela^brown^nicilledhuinn>registadoj>registrado1

'An 18mh latha den t-Sultain, 2016. Dà bhliadhna às dèidh an reifreinn. Sin nuair a dh'atharraich cùisean.

'Air a' mhadainn sin bha an Loidhne-tìme Facebook agam loma-làn de dhaoine ag ràdh gun robh iad 'Bu Chòir Fhathast'. Bha daoine ann am flat air taobh eile an rathaid air na soidhnichean 'Yes' aca a chur an-àird a-rithist.

'Chaidh mi a-mach gu biadh còmhla ri mo charaid Catherine am feasgar a bha sin – thachair mi ri Catherine nuair a bha an dithis againn ag iomairt ron reifreann. Bha biadh Frangach againn agus dà bhotal fìon dearg.

'Chaidh Catherine na ball dhen SNP latha às dèidh an reifreinn, mar a rinn tòrr eile. Cha d' rinn mise sin ge-tà.

'Tha mi fhathast a' toirt mo làn thaic do neo-eisimeileachd. Ach... chan eil fhios a'm. Leis na tha air tachairt thar nam mìosan, chan eil fhios agam a bheil e cho cudromach dhomh 's a bha e an-uiridh. Dhòmhsa dheth, bha neo-eisimeileachd na chothrom coimhearsnachd eadar-dhealaichte a chruthachadh ann an Alba – dòigh-beatha dhiofraichte far am biodh cothroman ceart aig a h-uile duine. Far an robh cothrom ann don a h-uile pàiste na comasan slàn aca a choileanadh agus an cur gu feum, air an sgàth fhèin agus air sgàth na coimhearsnachd air fad. Bruadar a bh' ann, 's dòcha. Bruadar.

'Agus tha mi a' smaoineachadh nas motha 's nas motha nach eil poilitigs àbhaisteach – ann an Holyrood no Westminster – a' dol a choileanadh a' bhruadair a tha sin. Cha do dh'aontaich Catherine rium. Beachd a bh' aice, 's e gu bheil againn ri dèiligeadh ri cùisean mar a tha iad, 's poilitigs mar a tha iad, no chan atharraich càil. Gnìomhan an àite bhruadaran. 'S dòcha gu bheil i ceart.

'Co-dhiù. Deasbad le caraid, deagh bhiadh 's deoch, agus bha mi a' faireachdainn feumach air norrag. 'S ann nuair a thill mi don flat am feasgar a bha sin, a mhothaich mi gun robh rudeigin ceàrr. Bha am flat falamh leis gun robh na daoine eile aig an oilthigh, ach bha faireachdainn agam gun robh cuideigin a' coimhead orm. Agus nuair a chaidh mi a-steach dhan t-seòmar agam, cha robh sgeul air a' choimpiutair-uchd agam. Bha a h-uile rud eile mar bu chòir – bha an teilidh agus an cluicheadair DVD fhathast san t-seòmar-shuidhe. Dìreach an coimpiutair agamsa a bha dhìth, a bharrachd air pasgan far an robh mi a' cumail lethbhreac de na notaichean aig Brewster.

'Chuir mi fòn gu na poilis, agus thuirt iad gun tigeadh cuideigin an ath latha. Bha iadsan a' smaoineachadh gur e mèirle àbhaisteach ann am flat oileanaich a bha seo, rud nach fhaigheadh prìomhachas. Ach bha fios agam nach ann mar sin a bha e.

'Oir nuair a dh'fheuch mi ri faighinn air a' chunntas Dropbox agam, 's mi a' cleachdadh a' fòn agam – cha d' fhuair mi cead faighinn a-steach. Nuair a dh'fheuch mi ri facal-faire ùr fhaighinn, cha robh e fiù 's ag aithneachadh a' phuist-d agam. Bha an cunntas gu tur dùinte.

'Bha sin na dhearbhadh gun robh fada nas motha air cùl seo na cuideigin ag iarraidh airgead airson dhrogaichean. Ge bith cò rinn seo, bha comas aca le coimpiutairean agus bha iad ag iarraidh a h-uile bud fiosrachaidh a bh' agam. Agus bha rudeigin eile soilleir dhomh cuideachd – bha iad airson gum biodh fios agam mu na bha iad a' dèanamh. Nan robh comas aca faighinn a-steach air na cunntasan air-loidhne agam, bha comas aca lethbhreacan a dhèanamh de na faidhlichean, agus cha bhiodh fios sam bith agam gun robh rudeigin ceàrr. An aon rud leis a' choimpiutair-uchd – b' urrainn dhaibh clòn a dhèanamh dhen diosg-chruaidh gun a bhith ga thoirt air falbh.

'Bha na daoine seo airson feagal a chur orm. Shoirbhich iad le sin. Cha robh mi airson fuireach sa flat. Thog mi am fòn gus bruidhinn ri mo mhàthair.

'Dh'inns mi do na flatmates dè bha air tachairt. Thuirt mi riutha gun robh mi a' falbh, agus gun cuirinn fios don uachdaran. Dh'fhàg mi airgead aca airson nam bilichean, agus thuirt mi riutha fòn a chur thugam nan robh barrachd a dhìth.

'Bha Irena gu math tuigseach, ach Pòl...? bha e follaiseach nach robh e toilichte idir, agus gun robh e dhen bheachd gur mise a bu choireach airson na thachair ann an dòigh air choreigin. Bhiodh latha air a bhith ann nuair a bhithinn feargach mun an dol-a-mach aige. Cha robh e a' sealltainn co-fhaireachdainn rium idir. Ach air an fheasgar sin, thuig mi ged a bha e a' taisbeanadh a mhì-thoileachais, aig cridhe an fhir seo bha rudeigin eile a' laighe trom air – an t-eagal. Agus cha b' urrainn dhomh a bhith feargach le cuideigin a bha a' faireachdainn an aon rud 's a bha mi fhìn.

'Cha robh mi airson fuireach sa flat. Chaidh mi a dh'fhuireach còmhla ri Catherine air an fheasgar, agus thill mi an ath latha gus an stuth agam air fad a chur ann am bogsaichean. Cha do nochd na poilis agus cha d' rinn mi oidhirp fòn a chur thuca.

'Feasgar sin choinnich mi ri mo phàrantan aig taigh-òsta sa Ghrassmarket, 's iad air an t-eilean fhàgail a' mhadainn sin. Bha mi air mo dhòigh am faicinn. M' athair bochd – bha e doirbh dha anail a ghabhail 's mi a' toirt cudail cho mòr dha. B' e am plana gun cuireamaid uile seachad an oidhche san taigh-òsta, agus gun deigheadh sinn gu Slèite an ath mhadainn.

'Chaidh sinn a-mach gu biadh, agus nuair a thill sinn don taigh-òsta, mhothaich mi fear a bha a' suidhe san ionad-fhàilte. Mhothaich mi dha, leis gun robh mi an ìre mhath cinnteach gun robh e a' suidhe san aon àite nuair a dh'fhalbh sinn don taigh-bidhe. Òg, 's fìot, le falt dubh caran fada.

'An ath mhadainn, dh'ith sinn breacaist agus chaidh sinn don flat ann an Dalry Road airson an turas mu dheireadh. Chuir sinn na bogsaichean ann an cùl a' chàir, agus theich sinn. Cha robh mi duilich cùl a chur ri Dùn Èideann.

'Chaidh sinn thairis air An Linne Fhoirthe. Deagh latha a bh' ann, agus tha cuimhne agam a bhith a' coimhead air solas na maidne a' deàrrsadh tro structar iarainn na drochaid rèile, an solas a' priobadh agus air a sgoltadh ann an dathan eadar-dhealaichte, agus a' laighe air an uisge dhomhainn sin. Bha i mar na mìltean de dhaoimeanan a' tuiteam bho bhaga sìoda gorm. Brèagha. Brèagha. Nuair a ràinig sinn air costa Fhìobha, bha mo spiorad air èirigh.

'Tha mi air a bhith sa Chill Mhòr airson dusan latha a-nist. Airson deich latha, bha cùisean dìreach sònraichte. Tha mo phàrantan air a bhith a' coimhead às mo dhèidh, agus tha mi air a bhith a' faighinn cadal math. Tha e air a bhith a' còrdadh rium a' dol timcheall na sgìre, a' bruidhinn ri na nàbaidhean. Rud a tha annasach – tha Cailèideascop aig mòran, gu h-àraid an fheadhainn aig a bheil clann. Agus tha fhios aca uile gur mi a chuir a-mach e – rinn mo mhàthair cinnteach às sin. Rud eile tha mi air mothachadh... 's dòcha gu bheil mi ceàrr... ach tha mi a' smaoineachadh gu bheil barrachd Gàidhlig ri chluinntinn san sgìre na bha. Bha mi a' bruidhinn ri tè de na nàbaidhean shuas ann an Teanga, tè air an robh mi eòlach bhon sgoil. Nist, ged a chaidh an dithis againn tron sgoil còmhla, agus ged a chaidh ise gu Sabhal Mòr gus HND a dhèanamh, 's ann glè ainneamh a bhruidhneadh sinn a' Ghàidhlig. Cha robh Gàidhlig aig a pàrantan, agus bha mi a-riamh dhen bheachd nach robh an cànan cudromach dhi. Ach an latha sin, agus bhon uair sin, tha i air a bhith a' bruidhinn rium gun trioblaid sam bith, mar gur e rud nàdarra a th' ann dhuinn. Tha mi a' smaoineachadh gun robh nas motha de dhaoine ga bruidhinn ann am bùth a' Cho-op san Ath Leathainn cuideachd. 'S dòcha gu bheil mi ceàrr.

'Tha e air a bhith cho math a bhith air ais. Tha mi air a bhith a' coiseachd cha mhòr a h-uile latha, a' còcaireachd, a' leughadh, agus a' cluich leis a' Chailèideascop. Bha m' athair air fear a cheannach, agus tha mi air a bhith ga thoirt a-mach leam nuair a bhios mi a' gabhail cuairt. Tha mi a-riamh air a bhith taingeil gun robh sinn ann an Slèite, leis gu bheil seallaidhean cho brèagha againn air gach taobh, do Chnòideart, do Mhalaig, don Chuilthionn, agus do na h-Eileanan A-Muigh. Ach le Cailèideascop, tha na seallaidhean sin... uill tha iad nam mìorbhailean. Chan fhaca mi an leithid a-riamh roimhe. Aig amannan bidh mi a' dìochuimhneachadh anail a ghabhail, leis gu bheil mi air mo bheò-ghlacadh leis na tha mi a' faicinn.

'Co-dhiù. O chionn dà latha, Diardaoin a bh' ann, fhuair mi iasad den chàr agus chaidh mi a-mach tràth. Bha dùil ri deagh shìde, agus bha plana agam a dhol suas Blàthbheinn. Sin a rinn mi, ach nuair a fhuair mi don mhullach cha robh mòran ri fhaicinn. Bha na sgòthan caran ìosal. Ach air an rathad sìos a' bheinn, chunnaic mi thairis gu Eilean Ratharsair, agus airson adhbhar air choreigin thàinig dàn thugam – 'An Sgian' le Somhairle MacGill-Eain.

'Fhuair mi air ais don chàr, agus chuir mi air am fòn agam – bidh mi ga thoirt còmhla rium nuair a bhios mi air na monaidhean, ach bidh mi ga chumail dheth. Bha teachdaireachd-guth ann, bho Jane ann an Dùn Èideann. Bha cuideigin air briseadh a-steach air an obair-lann agus cha robh sgeul air a' Chailèideascop. Chuir mi fòn thuice sa bhad gus dearbhadh gun robh i ceart gu leòr. Thuirt i gun robh. Bha i cho sunndach 's a bha i a-riamh. Thuirt i gun robh na 'bugairean' – sin a thuirt i – thuirt i gun robh iad cuideachd air frithealaiche-lìn a ghoid bho oifis rianachd na roinne. Gu fortanach, bha lethbhreac den dàta uile air a chumail air frithealaiche eile aig an oilthigh, agus bhathas a' smaoineachadh nach deach càil a chall. Bha na poilis air a bhith ann, agus thuirt i gun robh iad airson bruidhinn rium. Bha àireamh aice airson Inspector air choreigin aig Stèisean Poilis St Leonards. Thuirt i gun cuireadh i thugam e air teacsa.

'Agus an uair sin, nuair a bha mi air soraidh slàn agus taing a thoirt do Jane, dìreach mar a bha mi a' dèanamh deiseil gus dràibheadh dhachaigh, chunnaic mi fear na shuidhe ann an càr mòr a bha cuideachd san àite-pharcaidh. Agus bha mi air fhaicinn roimhe. Bha falt dubh air. Caran fada. Am fear bhon taigh-òsta.'

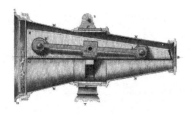

10

BHA ANNA NA suidhe a' coimhead a-mach an uinneig gu na speuran. Bha cuid ann a bha caran coma co-dhiù mu dheidhinn a bhith a' siubhal tron fhànais, ach dhìse bha e fhathast na mhìorbhail, 's dòcha leis gun robh i cho tric a' rannsachadh bheachdan dhaoine bho na linntean a chaidh seachad – daoine a bha dhen bheachd gur e bruadar a bha seo – mac-an-duine, a' fuireach air falbh bhon Talamh, a' siubhal tro na speuran. Uill, chaidh am bruadar sin a choileanadh.

Chan e uinneag cheart air an robh Anna a' coimhead, ach sgàilean san adhar. Bha i air iarraidh air a' Ghriod sealladh a thoirt dhi, mar gur e uinneag a bh' ann. Chunnaic i na speuran a' priobadh, uile-dhathach, 's iad a' gluasad nan cearcaill. Chunnaic Anna cuideachd an long-fhànais, a' tighinn 's a' falbh mar a ghluais an seòmar aice.

Mìorbhaileach. Ach bha Anna a' tuigsinn carson a bha a' mhòr-chuid de dhaoine caran coma co-dhiù mu dheidhinn a bhith a' siubhal eadar na planaidean.

Bha e cho... àbhaisteach.

Fhad 's a bha iad a' siubhal bhiodh daoine a' fuireach ann an ceabain beag mar am fear seo aig Anna, a bha mu 2m x 1.5m, agus àirde de 2m ann. Bha goireas-ionnlaid ann agus fras bheag (gu math beag, bha Anna ag ionndrainn an fhir a bh' aice air ais anns a' Bhaile) agus sionc san oisean mu choinneamh an dorais air an taobh cheart. Air an taobh chlì, bha leabaidh ann, le staidhre bheag a' dol os a chionn gu làr beag eile, far an robh sèithear, bòrd, preasa, sgeilfichean agus uinneag. Bha ceabainean dùbailte ann do dhaoine a bha a' siubhal le caraid, agus feadhainn nas motha na sin airson daoine aig an robh clann.

Bha na ceabainean sin – eadar 12 agus 22 dhiubh a rèir dè cho mòr 's a bha iad – uile ann an togalach a bha coltach ri slis bho chèic mhòr. Nan cuireadh tu deich dhe na slisean còmhla, dhèanadh iad cearcall mòr, ach le toll sa mheadhan. Agus anns an toll sin, bhiodh long-fhànais a' suidhe. Bhiodh an cearcall a' tionndadh gus iom-tharraing a chruthachadh. Bha 'sìos' aig oir a' chearcaill, agus bha 'suas' aig a' mheadhan.

Nuair a dh'fhàg Anna Caileasto, bha an long-fhànais caran beag – spàl-fànais a bha mòr gu leòr gus aon chearcall de cheabainean a ghiùlan. Às dèidh trì latha, choinnich iad ri soitheach fada nas motha, fear dhe na luing-fhànais a bhiodh a' dol gun sgur eadar an Talamh agus Plùto, a' togail 's a' fàgail dhaoine aig diofar phlanaidean agus stèiseanan-fànais, a rèir mar a bha cuairtean nam planaidean. Bha àite anns a' mhòr-shoitheach seo airson ceithir cearcaill air fhichead, 's ceithir dhiubh a' suidhe taobh ri taobh air fear de shia gàirdeanan mòra a bha a' tighinn a-mach bho bhodhaig mhòr na luinge.

Nuair a choinnich an dà shoitheach, leig an spàl-fànais air falbh an cearcall a bh' oirre, agus an uair sin chaidh an cearcall a thoirt gu socair gu fear dhe na gàirdeanan mòra, air an cumail nan àite le raon dealan-mhagnaiteach. Chaidh a h-uile rud mar bu chòir, agus mura robh fios agad na bha a' tachairt, cha bhiodh tu fiù 's a' faireachdainn gun robh thu air gluasad bho aon shoitheach gu soitheach eile.

Mar as tric bha trì làran de cheabainean anns gach slis dhen chearcall, agus an uair sin làr os cionn sin a bha fosgailte dhan a h-uile duine, gailearaidh, far am biodh stòrasan, bùird 's seataichean, agus cidsin mòr. Bhiodh daoine a' cruinneachadh an sin, 's ag ithe 's ag òl, 's a' coinneachadh ri chèile. Nuair a bha barrachd air aon shlis taobh ri taobh sa chearcall, bha comas aig daoine gluasad bho ghailearaidh gu gailearaidh, a' coinneachadh ri daoine bho àitichean eile, a' faighinn cothrom èisteachd ri sgeulachdan dhaoine eile, an ceòl a chluinntinn, an cainnt, agus am biadh aca fheuchainn.

Dòigh-siubhail snog, furasta. Ged a bha thu a' dol bho spàl, gu mòr-shoitheach, agus air ais gu spàl aig a' cheann eile – agus ged a bha thu a' siubhal astaran gun chiall – bha thu an-còmhnaidh socair, ciùin, san aon cheabain. Bha roghainn agad fuireach sa cheabain a' chuid as motha dhen ùine, no a bhith a' coinneachadh ri daoine eile anns a' ghailearaidh agad fhèin, no gailearaidh sam bith eile a bha sa chearcall.

An aon rud a bha doirbh, 's e gun robh an iomtharraing a' lagachadh rud beag mar a dheigheadh tu suas na làran, agus bha an cearcall a' gluasad nas luaithe na bhiodh àbhaisteach anns a' Bhaile no ann an stèisean-fànais. Bha sin doirbh do chuid – a' toirt buaidh air taobh a-staigh nan cluasan aca agus ag adhbharachadh dìobhairt nan speuran aig amannan.

Bha Anna ceart gu leòr. Bhiodh i a' siùbhal airson trì seachdainean. Bha i air coinneachadh ri tòrr dhe na nàbaidhean aice (bha brot spìosrach teth làn nùdailean a fhuair i bho mhuinntir Europa a-raoir fhathast a' laighe air a stamaig) agus bha cothrom nas motha aice a-nist ùine a chur seachad air rannsachadh a' Chailèideascoip.

Mus do dh'fhàg i Caileasto, dh'aontaich i le Vito gum b' fhiach lethbhreac dhe na clàraidhean aig Angela a chur gu Ruaraidh, 's am fear òg air aontachadh a bhith mar phàirt dhen sgioba-rannsachaidh. Nuair a chaidh an rannsachadh fhoillseachadh, bhiodh Ruaraidh Dubcek a' nochdadh mar ùghdar, còmhla ri Anna agus, 's dòcha, Vito. Bha esan a' cumail a-mach nach robh e airson aithneachadh sam bith fhaighinn, ach bha Anna fhathast a' feuchainn ri beachd a caraid atharrachadh.

Mus do chuir i cuireadh do Ruaraidh a bhith mar phàirt dhen sgioba, thug i sùil air an obair a bha e air a dhèanamh. Agus bha e follaiseach gur e duine glic a bh' ann. Bha e air dà phàipear fhoillseachadh air eachdraidh na Gàidhlig mar-thà. Deagh eanchainn ann am bodhaig eireachdail. Bha Anna a' dèanamh fiughar coinneachadh ris.

Oidhche shoilleir a bh' ann, agus bha fàsach an Sahàra fhathast ri fhaicinn ann an solas gealaiche a bha cha mhòr làn, mullaichean nan tonn mòra de ghainmhich a' nochdadh mar ribeanan airgid an aghaidh sìoda dubh.

Bha Anna a' suidhe ann an seòmar-cruinneachaidh a' bhàta-adhair, 's i a' gabhail seòclaid theth le beagan branndaidh innte. Bha triùir luchd-siubhail eile cuideachd air an cois an oidhche a bha seo, ach bha iad uile a' suidhe air falbh bho chàch a chèile a' coimhead a-mach na h-uinneagan, mar gun robh iad uile cofhurtail gu leòr gun a bhith a' bruidhinn, le sealladh an fhàsaich mhòir dhuibh agus na smuaintean aca fhèin aca mar chompanaich.

Sin mar a bha Anna a' faireachdainn co-dhiù. Bha i air a bhith an-fhoiseil on a bhruidhinn i ri Ruaraidh o chionn dà latha agus bha i fhathast a' meòrachadh air a' chòmhradh mu dheireadh aca.

Cha robh i fada air tighinn gu tìr ann am Bangassou ann am meadhan Afraga, agus bha trèana a-nist ga toirt gu port-adhair Bangui, far am faigheadh i bàta-adhair a bheireadh i a Pharas. Air gach taobh dhen loidhne-rèile, bha craobhan mòra, lusan mòra – an dath cho eireachdail, tarraingeach do dh'Anna, mar gun robh gach duilleag na grian bheag, solas uaine a' dòrtadh asta dhan chòrr dhen chruinne-chè.

Agus muncaidhean sa h-uile àite. Cha robh mòran de bheathaichean air Caileasto – eòin agus meanbhbheathaichean a bh' ann gus polan a thoirt dha na planntraisean. Bha coin 's cait ann gu dearbh, ach chan e rud àbhaisteach a bh' ann – daoine bhon Talamh a' chuid as motha a bha gan cumail. Ach an seo, bha ainmhidhean anns a h-uile àite: muncaidhean, 's ailbheanan, 's crogaill, 's eòin.

Bha Anna air a bhith air an Talamh iomadh turas, ach bha creathail nan daoine fhathast na mhìorbhail dhi. Bha Caileasto na dachaigh, chofhurtail, shàmhach, far an robh beatha fhurasta shocair aig daoine, ach air an Talamh bha beatha a' spreadhadh às gach ceàrnaidh. Do chuid a chaidh a thogail air planaidean eile, bha e cus. Ach chòrd e ri Anna. Speuran os a cionn an àite bogha de thaighean 's sràidean. Fàirean mòra, fada.

Nuair a ràinig Anna am port-adhair, bha e ochd sa mhadainn agus bha dà uair de dh'fheitheamh gu bhith roimhpe. Chaidh i do sheòmar-fheitheimh faisg air a' gheata aice, fhuair i cofaidh 's briosgaidean bho stòras, agus shuidh i sìos le a baga.

'A Ghriod, a bheil Ruaraidh Dubcek trang an-dràsta?'

Thàinig guth a' Ghriod bho bhann-làimhe air làimh chlì Anna.

'Chan eil fhios agam le cinnt Anna. Chan eil càil a' nochdadh san leabhar-latha phoblach aige, ach gu bheil e ann an Dùn Èideann an àite Obar Dheathain.'

'Dè an uair a tha e ann an Dùn Èideann? Am biodh e ceart gu leòr feuchainn bruidhinn ris?'

'Tha e cuideachd ochd sa mhadainn ann an Dùn Èideann. Tha an leabhar-latha aig Ruaraidh a' sealltainn gum bi e gu tric a' cumail choinneamhan aig an àm seo dhen mhadainn.'

'Math fhèin. Tapadh leat. Feuch e ma-thà.'

Chuir Anna labhraichean beaga a-staigh na cluasan, agus nochd sgàilean beag 37cm air falbh bho a sùilean – 's fios aig a' Ghriod gur e sin an t-astar as freagarraiche dhi. Às dèidh greiseag, nochd Ruaraidh air.

'Haidh Anna. Madainn mhath. Fàilte dhachaigh,' thuirt e le gàire. Bhiodh muinntir na Talmhainn gu tric ag ràdh 'Fàilte dhachaigh' ri daoine bho phlanaidean eile a bha a' tadhal air 'A' Mhàthair'. Bha e mar chuimhneachan gur ann an seo a thòisich eachdraidh mhic-an-duine, agus a rèir cò bha a' toirt seachad an abairt, bha faireachdainn air a cùlaibh a bha eadar coibhneas 's ìoronas.

'Madainn mhath a Ruaraidh,' thuirt Anna le gàire. 'Tapadh leat gu dearbh. Ach tha fios agad gur e am Baile mo dhachaigh.'

'Tha fios agam,' thuirt Ruaraidh le gàire. 'Thug an Griod turas dhomh dhen Bhaile o chionn seachdain no mar sin, agus tha e cho brèagha 's a ghabhas. Co-dhiù, tha e snog dha-rìribh a bhith a' bruidhinn beò riut. Tha fadachd orm d' fhaicinn.'

'Tha 's mise Ruaraidh. Chan eil na planaichean agam air atharrachadh idir – bàta-adhair gu Paras, agus an uair sin an trèana gu Dùn Èideann.'

'Math fhèin. Ceithir latha ma-thà. Tha tòrr againn ri bruidhinn mu dheidhinn. Tha thu air Angela Dhonn a lorg!'

'Angela Gown? Cò i? Angela Brown tha thu

a' ciallachadh, no Angela…'

'…NicIlleDhuinn. Seadh. Tha mi a' smaoineachadh gur e an aon tè a th' annta uile – Angela Dhonn, Angela Brown, Angela NicIlleDhuinn.'

'Cò Angela… Dhonn ma-thà?' Bha am fuaim sin doirbh dha Anna a dhèanamh. Cha robh e anns a' Chànan Choitcheann.

'Tè bho sgeulachd. Miotas-eòlas mar Bhodach na Nollaige. Tha i air a bhith ann an dualchas na Gàidhlig airson iomadach bliadhna.'

'Tha thu eòlach air an sgeulachd aice ma-thà? Air a' Chailèideascop?' Bha Anna a' bruidhinn gu math luath. Briseadh-cridhe a bhiodh ann nan robh an eachdraidh aig daoine mar-thà.

'Chan eil. Chan eil idir. Uill, tha mi a' tuigsinn a-nist gun robh mi eòlach air, ach bho shealladh caran meataforach. Bruidhnidh sinn mu dheidhinn nuair a choinnicheas sinn. Tha mi duilich Anna, tha agam a bhith aig taigh caraid ann am beagan mhionaidean.'

'È… sgoinneil… seadh. Bruidhnidh sinn a-rithist ma-thà. Mòran taing a Ruaraidh.'

'Mòran taing dhut fhèin Anna. Duilich gu bheil mi ann an cabhag. Mar sin leat.'

'Tìoraidh a Ruaraidh… tìoraidh.'

Bha Anna sàmhach airson greis.

'A bheil thu feumach air càil sam bith eile aig an àm seo Anna?' Bha an Griod a' bruidhinn rithe. Bha an sgàilean falamh mar phìos glainne a' crochadh san adhar.

'Chan eil a Ghriod. Tapadh leat. Chan eil.'

Dh'fhalbh an sgàilean.

Ghabh Anna balgam dhen chofaidh. Bha e fuar.

'A Ghriod'
'Seadh Anna.'
'An cuireadh tu an teachdaireachd teacsa a leanas gu Vito? "Tha e a' coimhead coltach gu bheil cuideigin eile air coimhead tron Chailèideascop roimhe. Bha fios air choreigin aig Ruaraidh mar-thà air sgeulachd Angela. Chan eil fios agam dè tha sin a' ciallachadh dhan rannsachadh. Fios nas fheàrr agam ann am beagan làithean agus cuiridh mi teachdaireachd bhidio an uair sin. An dòchas gu bheil Am Bodach fhathast a' deàrrsadh air Caileasto bhòidheach. Tòrr gaoil." Deireadh na teachdaireachd.'
'Math fhèin Anna. A bheil thu airson sùil a thoirt air?'
'Chan eil, tapadh leat. Cuir thuige e.'
'Dèante.'

Bhon latha sin, bha Anna air beagan rannsachaidh a dhèanamh i fhèin air 'Angela Dhonn' agus ged nach robh an Cailèideascop a' nochdadh ann, bha fios nas fheàrr aice a-nist air dè bha Ruaraidh a' ciallachadh mu dheidhinn meatafor. Bha i fhathast caran iomaganach. Agus le sin – agus leis gun robh fuaim nan einnseanan nas àirde anns a' bhàta-adhair na bha e air an long-fhànais, far nach cluinneadh tu dad, cha robh i a' cadal ceart.

Co-dhiù. Nan robh i air a bhith na leabaidh, cha bhiodh i air an t-sealladh seo fhaicinn. Choimhead i suas air a' Ghealaich bhrèagha, airgead an aghaidh an dorchadais.

bellamyv0621710001>projektdosieroj>bahia>kalejdoskopo>
angela^brown^nicilledhuinn>registadoj>registrado1

'Chan urrainn dhomh fuireach an seo. Chan eil mi air an fhear sin fhaicinn a-rithist, ach tha mi a' dol às mo chiall leis an eagal. Chan eil mi airson mo phàrantan a chur ann an cunnart. Tha mi air innse dhaibh gu bheil an t-àm ann dhomh tilleadh a Mhadrid. Chan eil iad toilichte idir, agus tha mi cinnteach gu bheil fios aig m' athair gu bheil rudeigin ceàrr.

'Cò iad na daoine seo co-dhiù? Thuirt Jane gur e bugairean a th' annta. Nach i a tha ceart. Dè tha iad ag iarraidh bhuam? Tha planaichean a' Chailèideascoip air an sgaoileadh don a h-uile àite a-nist. Coimpiutair-uchd ann no às – frithealaiche an oilthigh, ann no às – chan urrainn do dhuine sam bith na planaichean a chumail am falach. Cha ghabh a dhèanamh. Tha lethbhreacan air frithealaichean air feadh an t-saoghail. Agus tha mi air bruidhinn ri José gus dèanamh cinnteach gu bheil na planaichean aige air frithealaiche dùinte aig an Obair-lann Fhosgailte ann am Madrid. Tha e cuideachd air iarraidh air gach Obair-lann san lìonra an aon rud a dhèanamh.

'Tha a' chiad Chailèideascop aca agus... tha mi feargach mu dheidhinn sin. Chuir mi seachad na h-uairean fada ag obair air agus – uill, 's e a' chiad fhear a bh' ann! A' chiad fhear on a bha Brewster beò co-dhiù. Rud... eachdraidheil a tha sin. Agus fiù 's ged a tha e aca... dè am feum? Tha na milleanan dhiubh ann a-nist, agus factaraidhean ann an Sìona gan dèanamh a h-uile latha. Chan urrainn dhut a h-uile

Cailèideascop a chur air ais ann am bogsa a-rithist.

'Co-dhùnadh a th' agam – tha iad dìreach airson eagal a chur orm. Agus tha mi a' smaoineachadh gur e daoine bhon riaghaltas a tha air cùl seo. Seirbhisean brathaidh no rudeigin. Cha chreid mi gu bheil buidheann eile ann aig am biodh na goireasan agus comasan rudeigin mar seo a chur an gnìomh. Ach... fhathast... chan eil mi ga thuigsinn.'

Bha Angela sàmhach airson greis.

'Chan eil mi ga thuigsinn, ach chan eil mi dìreach a' dol a shuidhe an seo a' feitheamh ri freagairtean. Tha mi air bruidhinn ri mo charaid aig Leabharlann na Colaiste. Cumaidh iadsan an clàradh a tha seo, a bharrachd air lethbhreac didseatach de na notaichean aig Brewster, na notaichean agamsa, na planaichean aig José 's Penelope, agus sgrìobhainnean, bhidiothan, agus dealbhan eile mun Chailèideascop – stuth a tha mi air cruinneachadh anns na seachdainean a dh'fhalbh. Cuiridh mi an stuth air fad air diosg cruaidh, gus nach bi cothrom aig duine sam bith an stuth fhaighinn tron lìon, agus 's ann mar sin a bhios SMO ga chumail. Cuiridh iad rudeigin anns a' chatalog far-loidhne.'

Ghabh Angela anail mhòr.

'Tha fhios agam. Ach mar a thuirt cuideigin, chan e paranoia a th' ann nuair a tha thu cinnteach gu bheil iad às do dhèidh. Co-dhiù, le sin uile, tha mi 'n dòchas – ge bith dè thachras dhòmhsa – gum bi clàr ann air na tha air tachairt.

'Sin e ma-thà. Tha mi air planaichean siubhail a chur air dòigh. Tha am baga agam deiseil. Bidh mi a' fàgail an eilein a-màireach airson Madrid, agus cò aig a tha fios cuin a thilleas mi.'

Choimhead Angela sìos air an làr. Nuair a thog i a ceann bha deòir bheaga na sùilean.

'Chan eil fhios a'm cò tha a' coimhead air seo, ach tha mi a' guidhe gach beannachd dhut. Tha mi 'n dòchas nach bi thusa, no duine sam bith eile dha bheil thu càirdeach, a-chaoidh ann an suidheachadh mar seo. An ath thriop a bhios tu a' coimhead air Cailèideascop, tha mi 'n dòchas gum bi thu a' cuimhneachadh air Brewster agus na rinn e.'

Stad i airson greiseag.

'Agus ormsa cuideachd.'

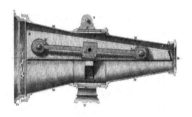

11

BHA DÙN ÈIDEANN brèagha. Diardaoin a bh' ann agus bha a' ghrian a' deàrrsadh tro sgòthan geala anns an iarmailt ghorm. Bha Anna na seasamh air mullach Chnoc Chalton a bha dìreach air beulaibh an taigh-òsta. Ged a bha seacaid 's ad oirre, agus stocainnean tiugha, bha i fhathast ga fhaireachdainn caran fuar. Cha robh i cleachdte ris an aimsir fhathast; anns a' Bhaile, bha làn fhios agad gum biodh lèine, briogais ghoirid agus brògan aotrom freagarrach a h-uile latha.

Bha i a' coimhead thar na Linne Fhoirthe gu Fìobha, agus a' smaoineachadh air an latha sin o chionn 200 bliadhna, nuair a theich Angela bho Dhùn Èideann ann an càr a pàrantan. Bha i cuideachd a' smaoineachadh air a' phàirt mu dheireadh dhen chlàradh.

Angela bhochd. Shaoil Anna gun robh i air eòlas math fhaighinn air pearsantachd tè a' Chailèideascoip – agus bha co-fhaireachdainn aice rithe. Bha e uamhasach a bhith ga faicinn, 's an t-eagal cho follaiseach oirre. Cha robh e ceart gun do dh'fhuiling i anns an dòigh sin. Bha fios aig Anna gun do dh'fhuiling na milleanan mòra nas motha na Angela anns an linn bhrùideil sin, ach – cha robh i air eòlas pearsanta fhaighinn orra.

Anns na linntean a chaidh seachad 's cinnteach gum biodh na h-eòlaichean a' cumail a-mach gun robh faireachdainn mar sin na chunnart do 'neo-eisimeileachd an eachdraiche', no rudeigin. Amaideas. Mar nach robh a h-uile mac-an-duine an eisimeil cuideigin no rudeigin – agus mar nach robh co-fhaireachdainn am measg dhaoine na rud nàdarra, slàn, an àite na chùis-nàire.

Thàinig gàire bheag air Anna. Bha i ann an trum airson trod. 'S dòcha leis gun robh i anns an àite far an do thòisich An Soillseachadh, bha i airson deasbad feallsanachd a thogail le cuideigin. Càit an robh Hume 's Àdhamh Mac a' Ghobhainn 's tu feumach orra?

An clàradh aig Angela. Bha e na dhragh gun tàinig an sgeulachd gu crìch gu h-obann anns an dòigh sin. Tòrr cheistean fhathast. Bha Vito air rannsachadh a bharrachd a chur air dòigh, 's coltas ann a-nist gun robh na seirbheisean brathaidh an sàs anns a' chùis. Bha e eòlach air tobraichean fiosrachaidh a chaidh a chruinneachadh bho na buidhnean sin – tobraichean a bha poblach, ach caran a-mach às an rathad agus 's dòcha nach deach an glacadh leis na ciad sgrùdaidhean aige.

Tòrr cheistean. Dè thachair dha Angela? An do thill i dhan Spàinn gu dearbh? Carson nach robh làn eòlais aig daoine an-diugh air a' Chailèideascop? Bha e follaiseach gun robh na milleanan dhiubh ann nuair a bha Angela beò, agus fios mu dheidhinn ri fhaighinn gu furasta air an eadar-lìon. Carson nach robh iad pailt anns an latha an-diugh?

Thàinig crathadh beag oirre. An t-àm ann dhi tilleadh dhan taigh-òsta, far an robh teine fiodha a' dol anns an talla. Chuir sin iongnadh air Anna na bu thràithe – teine anns an t-samhradh – ach chuireadh i fàilte air a-nist.

Nuair a thionndaidh i, choimhead Anna a-rithist air na togalaichean a bha mu a timcheall; taigh-faire ann an cruth prosbaig a chaidh a thogail san 18mh linn, agus amharclann, le dòm ann an copair uaine.

Fon iarmailt fhosgailte sin, agus le smuaintean mun Chailèideascop na h-inntinn, dh'fhairich Anna gur e làrach gu math freagarrach a bha seo dhi – eadar prosbaig agus na planaidean.

'Seo e ma-thà. Taisbeanadh air Sir Daibhidh Brewster.'

Bha Ruaraidh agus Anna ann an seòmar beag ann an Àrd Thaigh-tasgaidh Dhùn Èideann, gun uinneagan ann, agus le solais bheaga nach do chuir às gu tur leis an dorchadas.

Bha Anna gu math eòlach air seòmraichean-coimheid mar seo. Stuth nach robh air a thaisbeanadh ann an taigh-tasgaidh, bhiodh e air a chumail ann an stòras, agus bha hoileagraman dhiubh rim faighinn do dhuine sam bith a bha gan iarraidh. Bha sin gu leòr dhan mhòr-chuid, ach aig amannan bhiodh daoine airson rudan fhaicinn san da-rìribh, agus nan robh fios aig muinntir an taighe-thasgaidh ro làimh – agus nan robh e fhathast comasach dhaibh na rudan a shealltainn gun a bhith gam milleadh – chuireadh iad air dòigh taisbeanadh dhut ann an seòmar-coimheid, far an robh smachd aca air an t-solas agus air an èadhar.

Air ballachan an t-seòmair seo, bha dealbhan de dhiofar sheòrsa – fotografan, agus am fear seo a bha Ruaraidh a' sealltainn dha Anna – dealbh mòr ola.

Bha an dealbh a' sealltainn taobh a-staigh seann thogalaich. Bha daoine a' cur an ainmean ri pàipear a bha na laighe air bòrd. Timcheall a' bhùird bha na dusanan de dhaoine – muir de dh'aghaidhean – 's iad uile a' coimhead gu sòlamaichte air na bha a' gabhail àite.

'An Dealachadh le Daibhidh Octavius Hill,' arsa Ruaraidh. 'Bha an dealbh seo gu math aithnichte na latha. Bha Brewster an sàs gu mòr mun àm a chaidh an Eaglais Shaor a chruthachadh, agus dh'iarr e air an neach-ealain seo Hill dealbh a dhèanamh dhen chiad Àrd-sheanadh aca ann an 1843. Bha eòlas aig Brewster air fotografachd, agus mhìnich e dha Hill gum b' urrainn dha fotografan a thogail dhe na daoine a bha an làthair – agus a bhith gam peantadh bho na fotografan sin. Dh'fhàg cha mhòr còig ceud ministear Eaglais na h-Alba – chuir mòran dhiubh an ainmean ris an aithisg a tha seo. Chan eil iad uile a' nochdadh anns an dealbh, ach tha mòran. Agus tha Brewster fhèin – seall.'

Choimhead Anna air far an robh Ruaraidh a' comharrachadh. Faisg air meadhan an deilbh, os cionn a' bhùird, agus clì air far an robh am modaràtair, bha fear ann le falt geal – a cheann na làmhan.

'Tha sin mìorbhaileach,' ars Anna. 'Tha mi a' faireachdainn cho faisg air.'

Bha sàmhchair ann airson greis fhad 's a bha an dithis a' coimhead air an dealbh. An uair sin thuirt Anna: 'Thug mi sùil air an rannsachadh mu dheidhinn An Dealachaidh gu sgiobalta. Bha e mar phàirt de strì nas fharsainge an aghaidh cumhachd nan uachdaran mòra aig an àm?'

'Hmm, nan robh Brewster an seo, tha mi a' smaoineachadh gum biodh argamaidean nas motha na sin aige,' fhreagair Ruaraidh. 'Tha fhios agad gun robh feallsanachd dhaoine gu mòr an urra ri creideamh aig an àm sin, agus bha na h-argamaidean aig an fheadhainn a chruthaich An Eaglais Shaor uile a' tighinn bhon Bhìoball. An Fhìrinn, mar a bh' aca air. Bha iad airson An Fhìrinn a thaisbeanadh dhan t-saoghal.

'Ach, aidh, tha thu ceart. Bha Strì an Fhearainn a' dol an seo ann an Alba aig an àm sin, agus ann an Èirinn. Cha robh daoine toilichte gun robh smachd nas motha aig uachdaran air gnothaichean na h-eaglaise, na bha aig na buill àbhaisteach. Bha sin gu h-àraidh fìor air a' Ghàidhealtachd, far an robh strì làidir a' dol an aghaidh nan uachdaran gus còirichean air an fhearann fhaighinn dha na daoine. Sin pàirt dhen adhbhar bu choireach gun robh An Eaglais Shaor cho làidir anns na sgìrean sin, tha mi a' smaoineachadh. Agus pàirt dhen adhbhar gun robh a' Ghàidhlig aig cridhe dòigh adhraidh na h-Eaglaise bhon toiseach.'

Choimhead Ruaraidh air an dealbh mhòr.

'Bhiodh na daoine anns an dealbh seo ag ràdh gun robh cumhachd nan uachdaran a' dol an aghaidh Na Fìrinne, ach chanainn gu bheil ceangal ann eadar stèidheachadh na h-Eaglaise Saoire, agus na gluasadan mòra a dh'ionnsaigh deamocrasaidh a bha a' ruith tro na bliadhnaichean sin.'

'An Fhìrinn,' ars Anna. 'Tha an linn seo gu math inntinneach, nach eil? Anns an 20mh 's 21mh linn bha sgaradh ann eadar saidheans 's creideamh, ach chan ann mar sin a bha e dha Bhrewster. 'An Fhìrinn', tha thu ceart. Sin a bha e a' lorg, agus bha e cinnteach gun robh An Fhìrinn sin a' gabhail a-staigh Cruthaidhear, agus gun robh saidheans na dhòigh gus eòlas fhaighinn air.'

'Dìreach,' arsa Ruaraidh. 'Tha mi a' dol leat. Bha tòrr luchd-saidheans a bharrachd air Brewster an sàs nuair a chaidh An Eaglais Shaor a stèidheachadh – bha fear ann Ùisdean Miller a rinn obair chudromach ann an geòlas – seo e.' Chomharraich Ruaraidh fear san dealbh, a bha a' suidhe air beulaibh a' bhùird, a' gabhail notaichean. 'Bha ùidh aig Brewster ann an sin cuideachd, nuair a bha e aig Oilthigh Chill Rìmhinn. Seall. Seo fotograf a chaidh a dhèanamh dheth aig an àm sin.'

Choimhead Anna air dealbh de Bhrewster, 's e na shuidhe, a' leughadh – gruag geal leis an aois, sròn caran mòr, a shùilean a' coimhead sìos air an teacsa.

'Tha rudeigin cho tarraingeach mu dheidhinn

nam fotografan bhon linn sin,' ars Anna. 'Tha fios agam gu bheil coltas caran gruamach gu tric air na daoine a bhios a' nochdadh annta, ach bha sin air sgàth na dòigh anns an deach an togail. Bha aig daoine ri bhith aig fois airson greis, gun a bhith a' gluasad. Ach tha na dealbhan fhèin cho taitneach. Tha rudan ann an sùilean dhaoine nach fhaic thu ann an ìomhaighean eile.'

'Tha, nach eil?' arsa Ruaraidh. 'Mar a thuirt mi, bha Brewster gu mòr an sàs ann an fotografachd. Fhuair e eòlas air fear Uilleam Fox Talbot a chruthaich dòigh gus fotografan a thogail, agus an uair sin rinn Brewster òraidean air a' chuspair ann an Cill Rìmhinn. Bhon sin, thòisich mòran dhaoine ann an Alba a' dèanamh dhealbhan aig ìre gu math, gu math tràth. Tha fear dhe na cruinneachaidhean as motha de fotografan bhon linn sin fhathast aca ann an Cill Rìmhinn. Smaoinich. Ìomhaighean de dhaoine agus de dh'àitichean, dhen t-saoghal air fad, air an glacadh leis an t-solas, agus air an clàradh airson a' chiad uair a-riamh.'

Bha sàmhchair ann airson greis, fhad 's a chaidh an dithis timcheall an t-seòmair, a' coimhead air na dealbhan. Brewster le luchd-saidheans eile. Le a theaghlach. Dealbhan dhen chosta timcheall Chill Rìmhinn.

'Tha seo sgoinneil fhèin Ruaraidh. Cha robh dùil agam ri taisbeanadh dhen leithid seo idir. Tha mi fada, fada nad chomain.' Chuir Anna a làmh air gàirdean Ruaraidh.

''S e do bheatha Anna, 's e do bheatha. Bha

fios agam gun robh na dealbhan ri fhaighinn ann an Alba, agus tha muinntir nan taighean-tasgaidh an-còmhnaidh gu math cuideachail. Tha iad airson 's gum bi cothrom aig daoine fhaicinn na rudan a tha inntinneach dhaibh fhaicinn. Nist. Am bheil thu deiseil airson grèim bidhe?'

Bha taigh-bidhe aig mullach an taigh-thasgaidh, le seallaidhean dhen t-seann Chaisteal gu tuath. Bha Dùn Èideann brèagha gu dearbh, smaoinich Anna. Chaidh sgrios a dhèanamh air tòrr bhailtean Eòrpach ann an Linn nan Tuiltean, le cogaidhean sìobhalta a' dol ann am mòran dhe na seann dhùthchannan. Gu dearbh, chaidh boma niùclasach a spreadhadh ann an Toulon, agus Am Poblachd Aimearaganach a' feuchainn ri cur às do Chabhlach na Frainge. Chaidh bomaichean a leagail cuideachd ann an Warsaw agus anns na h-Innseachan. Bha e fortanach dha-rìribh dhan t-saoghal nach do sgap cogadh niùclasach nas fharsainge na sin.

Bha beagan sabaid ann an Dùn Èideann – chunnaic Anna tuill nam peilearan ann an cuid de thogalaichean nuair a bha i fhèin 's Ruaraidh a' coiseachd dhan taigh-thasgaidh bhon taigh-òsta.

'Bha sinn fortanach,' dh'aontaich Ruaraidh, 's an dithis a' suidhe sìos aig bòrd air a' bhlàr a-muigh. Ged a bha a' ghrian fhathast ann, bha Anna taingeil gun d' fhuair i geansaidh bho stòr air an t-slighe dhan taigh-thasgaidh.

'Anns a' chlàradh aice tha Angela a' bruidhinn air an reifreann ann an 2014,' arsa Ruaraidh. 'Uill, bha fear eile ann an 2019, agus dh'aontaich daoine an uair sin ri riaghaltas ùr ann an Alba, neo-eisimeileach bhon fhear a bha ann an Lunnainn.

'Bha sin bliadhna às dèidh dol-sìos eagalach ann an eaconamaidh an t-saoghail. Às dèidh sin, chaidh Alba an sàs ann an co-bhanntachd leis na dùthchannan Lochlannach, a thaobh cumhachd ath-nuadhachail, agus bha obair nas motha an seo na bha ann an cuid de dhùthchannan eile. Nuair a bha an còrr dhen t-saoghal a' dol bun-os-cionn, bha Alba caran socair, sàmhach. Thug atharrachadh na sìde buaidh, gu h-àraidh air na h-Eileanan A-Muigh. Bha tuiltean dona an sin, agus cuideachd ann am pàirtean eile de thìr-mòr. Ach cha robh coimeas ann idir eadar na dh'fhuiling daoine an seo, agus na bha a' tachairt ann an àitichean mar Bangladeis.'

''S math sin,' ars Anna. 'Ach bha thu a' bruidhinn mu dheidhinn na Gàidhlig.'

'Aidh, duilich,' arsa Ruaraidh. 'Bha sinn san 20mh linn, nach robh? Uill… ged a bha an cànan fhathast a' crìonadh an uair sin, cha robh na h-àireamhan a' dol sìos aig an aon astar 's a bha iad. Pàirt dhen adhbhar airson sin, 's e daoine mar phàrantan Angela, a dh'ionnsaich Gàidhlig mar dhàrna cànan, agus a thug i dhan cuid chloinne mar phrìomh chànan. Bha fàs air a bhith ann am foghlam tro mheadhan na Gàidhlig agus às dèidh Achd ùr ann an 2015… och, tha mi a' fàs dòrainneach. Cus fiosrachaidh. Duilich.'

'Tha e inntinneach a Ruaraidh. Sin bu choireach gun robh mi a' faighneachd. Cùm ort.'

'Ceart ma-thà. Duilich. Uill… thàinig fàs nas

motha ann am foghlam tron Ghàidhlig anns na bliadhnaichean às dèidh a' chiad reifreinn. Cha robh a h-uile rud mar bu chòir, agus ceistean gan cur a-rithist, 's a-rithist mu dheidhinn luach na Gàidhlig. Agus – mar a tha fios agad – nuair a bha iad a' bruidhinn mu dheidhinn luach anns na làithean sin, bha iad a' bruidhinn mu dheidhinn airgead. Bha ar sinnsearan cracte air airgead, nach robh?'

'Bha mòran dhiubh,' ars Anna le gàire bheag. 'Sin mar a bha iad a' faighinn tuigse air an t-saoghal. Thàinig sinn troimhe.'

'Thàinig. Ciamar a tha am brot?'

Bha Anna air truinnsear brot le ainm neònach fhaighinn – 'Cullen Skink'. Iasg agus buntàta.

'Tha e math. Saillte, ach math. Tha an t-aran 's an t-ìm seo sgoinneil cuideachd.'

'Math fhèin. Co-dhiù, mar a bha mi ag ràdh, nuair a bha Angela beò, bha mu aon sa cheud ann an Alba aig an robh comas Gàidhlig a bhruidhinn. Nuair a chaidh An t-Aonta a chur mu sgaoil ann an 2050, bha e aig trì sa cheud.'

'Fhathast gu math beag,' ars Anna. 'Chuir sin iongnadh orm nuair a leugh mi e san rannsachadh agad.'

'Aidh, fhathast gu math beag, ach bha e mar bhun-stèidh seasmhach. Às dèidh An Aonta, bha cothroman fada nas motha ann do dhaoine: saorsa gus sgoiltean agus coimhearsnachdan ùra a chruthachadh; seirbhisean ùra a thòiseachadh gun a bhith a' lorg cead bho ùghdarras air choreigin. Bha aig a' chlann ris a' Chànan Choitcheann ionnsachadh, agus gu h-iongantach, thug sin air mòran Gàidhlig ionnsachadh cuideachd.'

'Seadh, thachair an aon rud le mion-chànain ann an àitichean eile,' ars Anna, 'tha mi air rannsachadh a leughadh mu dheidhinn.'

'Gu dearbh. Iomadh àite air feadh an t-saoghail, tha thu ceart. Co-dhiù, tha Gàidhlig aig mu cheithir millean neach a-nist, a' chuid as motha dhiubh ann an nàbachdan an seo ann an Alba, ach tha mu 20,000 dhiubh cuideachd ann an Aimearagaidh a Tuath, agus còrr 's 150,000 ann an àitichean far na Talmhainn.'

'Le sin, mu thrì 's trì-chairteal millean anns na nàbachdan Albannach?'

'Tha sin ceart. Trithead 's a h-ochd às a' cheud dhe na daoine. Chan eil an àireamh sin air a bhith cho àrd bhon 17mh linn.'

'Math fhèin. Agus ciamar a tha a' Ghàidhlig aig Angela? A bheil i furasta thuigsinn?'

'Ò, thì, tha,' arsa Ruaraidh, le gàire. 'Gàidhlig bhrèagha Sgitheanach a th' aig Angela Dhonn.'

Bha Vito a' fosgladh na h-oifis aige. Dà uair feasgar a bh' ann agus bha e fhathast a' faireachdainn gun robh a cheann làn clòimhe. Mar 's tric, bhiodh e a' fosgladh an dorais le iuchair bheag a chùm e air sèine uaireadair anns a' pheiteig aige. Cha d' rinn e sin an-diugh.

'A Ghriod, fosgail an doras.'

'A bheil thu air do iuchair a chall Vito?' ars an Griod le gàire. 'Feumaidh tu a bhith nas faiceallaiche.'

'A Ghriod, fosgail an doras no cuiridh mi mo chas troimhe.'

'Ò, fòirneart! Tha thu a' cur eagal mo bheatha orm Vito. Eagal mo bheatha. Ceart. Fosgailte.'

Bha cliog ann agus chaidh Vito a-steach. Fhuair e balgam uisge ann an cupa beag pàipeir bho fhionnaradair uisge a bha air cùl an dorais.

Oidhche fhada a bh' aige còmhla ri a charaid Mumta. Choinnich iad sa Phàirc gus coimhead air film còmhla.

Bha taigh-dhealbh fosgailte dhan adhar sa Phàirc, a bhiodh a' sealltainn seann fhilmichean: sgàilean mòr ann le sèithrichean cofhurtail airson 200 luchd-èisteachd, air a chuairteachadh le cùirtear de chraobhan. Mar 's tric, 's e an Griod a bhiodh a' dèanamh co-dhùnadh air dè na filmichean a bha ri fhaicinn ann, ach nan robh thu ag iarraidh rudeigin sònraichte fhaicinn, chuireadh tu a-steach moladh, agus bhiodh tu a' faighinn air ais do roghainn de dh'fheasgaran ri thighinn a bha saor. Mar a bu mhotha a chleachdadh tu an taigh-dhealbh, 's ann a bu mhotha de phrìomhachas a bhiodh an Griod a' toirt dha na molaidhean agad.

A-raoir, 's e moladh Vito a bhathas a' cluich – *In A Lonely Place* – a chaidh a dhèanamh ann an Aimearagaidh ann an 1950. Bha e sgoinneil – brònach, agus tuigseach, agus air a dheagh chluich le Humphrey Bogart agus Gloria Grahame. Chòrd e ri mòran a bha an làthair, agus dh'fhuirich tòrr dhiubh às dèidh làimh gus bruidhinn mu dheidhinn, ag òl leann 's ag ithe isbeanan ann an rolaichean a bha ri fhaighinn bho stòran beaga na Pàirce.

An uair sin, chaidh Vito 's Mumta dhan nàbachd aicese, a bha air taobh eile a' Bhaile bhon Phàirc. Bha cuimhne aige gun deach iad air an trama, agus an uair sin gun deach iad gu taigh-seinnse faisg air flat Mumta, far an robh iad ag òl gimlets agus ag èisteachd ri còmhlan a' cluich jazz ann an stoidhle be-bop, agus a' dannsadh còmhla. An uair sin, cha robh rudan cho soilleir dha. Dhùisg e aig taigh Mumta agus – ged nach robh e a' faireachdainn slàn fallain – bha madainn shnog aig an dithis charaid san leabaidh mhòr chofhurtail aice, agus an uair sin, breacaist mhòr aig cafaidh ri taobh Pàirc na Nàbachd.

Shuidh e sìos aig an deasg aige.

'Dè th' againn a Ghriod?'

'Tha teachdaireachd teacsa ann bho Anna Bahia. Tha dà theachdaireachd bhidio ann bho dhaoine a bha an làthair aig an taisbeanadh a-raoir. Agus tha toraidhean rannsachaidh ùr ann dhut.'

'Seall dhomh sin.'

Nochd sgàilean mòr air beulaibh Vito.

'A Ghriod. An Cadal Mòr, gus a bheil mi deiseil le seo.'

'A' dol dhan leabaidh an-dràsta.'

Bha 'An Cadal Mòr' a' ciallachadh nach cuireadh an Griod teachdaireachdan no rabhaidhean sam bith gu Vito, ach far an robh suidheachadh èiginneach air èirigh.

Chuir Vito seachad cha mhòr dà uair a thìde a' dol tro na faidhlichean, a' leughadh agus a' gluasad phìosan fiosrachaidh mun cuairt le a làmhan.

An uair sin, stad e. Dh'fhosgail e drathair aig bonn an deasga aige, thug e a-mach glainne agus botal uisge-bheatha. Chuir e drama air dòigh dha fhèin.

Thog e a' ghlainne, agus ann an Gàidhlig thuirt e: 'Slàinte!'

'Seo agad an t-Seann Cholaiste,' arsa Ruaraidh. ''S cinnteach gun robh Brewster gu math eòlach air an togalach seo. Chaidh a thogail dìreach às dèidh dha ceumnachadh bhon oilthigh.'

Bha an dithis air lios de dh'fheur a bha air a chuairteachadh le togalach ann an clach liath a bha a' deàrrsadh ann an grian an fheasgair. Air am beulaibh bha geata mòr agus os cionn sin, bha dòm, le ìomhaigh fear òg air a' mhullach, air a dhèanamh ann an òr.

'Tha e àlainn,' ars Anna. 'Tha e a' cur nam chuimhne fear dhe na tallaichean consairt a th' againn air Caileasto. Tha mi a' faicinn na h-ìomhaigh sin gu h-àrd. An e lasair eòlais a th' aig an fhear òg?'

'Gu dearbh. Lasair anns an dorchadas. Chan eil e na iongnadh gun robh iad dhen bheachd gur e sin a bh' annta, nuair a bhios tu a' smaoineachadh air an adhartas a rinn iad anns an linn sin.'

Choisich iad tro gheata beag air cùl an togalaich. Ann am beagan mhionaidean bha iad aig pàirc bheag cheàrnagach anns an robh craobhan, agus beingean. Air gach taobh dhi, bha togalaichean de dhiofar stoidhlichean agus aoisean.

''S e seo Ceàrnag Sheòrais,' arsa Ruaraidh. 'Bhiodh làn eòlais air a bhith aig Brewster air an àite seo, agus aig Angela cuideachd, tha mi cinnteach. An dèan sinn suidhe?'

'Tha mi duilich a Ruaraidh, ach tha mi ga fhaireachdainn caran fuar.' Bha e mu sheachd uairean feasgar. Bha a' ghrian fhathast ann (gu dearbh bha barrachd solais ann na bhiodh anns a' Bhaile aig an uair seo) ach cha robh neart na cois.

'Ò, duilich Anna. Duilich. Gu dearbh, tha e caran fuar. Nise.' Thoisich Ruaraidh a' bruidhinn ann an Gàidhlig. 'A Ghriod, a bheil seòmar-coinneachaidh ri fhaighinn faisg air làimh? Àiteigin cofhurtail, neo-fhoirmeil.'

'Ò, gu dearbha tha Ruaraidh,' ars an Griod bhon bhann-làimhe aig Ruaraidh, ann an guth bhan-Leòdhasach a bha shuas ann am bliadhnaichean. 'Àireamh 50. Seòmar 1B air a' chiad làr.'

'Tapadh leibh a Ghriod.' Agus an uair sin dha Anna anns a' Chànan Choitcheann: 'Tha seòmar saor dìreach an seo, nam biodh sin ceart gu leòr.'

'Bhiodh a Ruaraidh. Mòran taing.' Chuir Anna a gàirdean tro ghàirdean Ruaraidh. 'Brrr.' ars ise. Chaidh iad a dh'ionnsaigh an togalaich aig Àireamh 50.

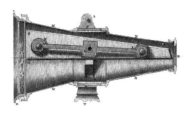

12

BHA IAD A' suidhe ann an seòmar beag, ann an sèithrichean mòra leathair ruadh, a' gabhail cofaidh agus a' coimhead a-mach air an uinneig air a' phàirc. Air cùl nan sèithrichean mòra bha bòrd beag le ceithir sèithrichean fiodha is botal uisge le ceithir glainneachan.

'Bha tòrr dhe na togalaichean aig Oilthigh Dhùn Èideann anns a' cheàrnaig seo,' arsa Ruaraidh. 'Fhad 's a bha mi a' faighinn a' chofaidh, dh'inns an Griod dhomh gun robh Roinn na Ceiltis anns an togalach seo aig aon àm. Sin far am biodh daoine ag ionnsachadh agus a' rannsachadh na Gàidhlig. 'S dòcha gun robh Angela anns an togalach seo, agus a pàrantan.'

Thòisich Anna a' gàireachdainn. Sin an seòrsa rud a bhiodh an Griod a' dèanamh gu tric, a' toirt rudeigin tlachdmhor dhut ris nach robh thu an dùil idir.

'Ta hep alajv Griod,' ars Anna ann an Gàidhlig,

ach ann am blas a' Chànain Choitchinn.

''S e do bheatha, Anna,' ars an Griod bhon bhannlàimhe aice fhèin, ach anns a' ghuth Leòdhasach a chaidh a chleachdadh gus bruidhinn ri Ruaraidh.

'Cha bhi thu fada a' faighinn gu fileantas,' arsa Ruaraidh le gàire. 'Cho fileanta ri Angela Dhonn. A bheil thu airson bruidhinn oirre an-dràsta? No a bheil thu ro sgìth?'

'Tha mi rud beag sgìth, ach tha mi gu mòr airson bruidhinn mu dheidhinn Angela. È… feumaidh mi aideachadh… gur e briseadh-dùil a bh' ann dhomh gu ìre, nuair a fhuair mi a-mach gun robh thu eòlach air an eachdraidh aig Angela mar-thà. Ach bhon uair sin, tha mi air a bhith ga rannsachadh, agus tha tuigse nas fheàrr agam dha na bha thu ag innse dhomh. Meatafor. Tha e cho inntinneach…'

'Tha mi toilichte gu bheil e inntinneach dhut. Uill, càit an tòisich mi ma-thà. Tha… tha Gàidhlig gu math sean, agus tha sgeulachdan againn a tha gu math sean cuideachd, a thàinig thugainn tro bheul-aithris agus litreachas. Fionn-sgeòil a chaidh a chruthachadh le daoine gus meòrachadh no mìneachadh a thoirt air a' bheatha làitheil aca. No dìreach sgeulachdan a bhiodh a' toirt dibhearsan do dhaoine air oidhche fhuar ann an dorchadas a' gheamhraidh. Tha gu leòr dhiubh sin againn ann an Alba.

'Tha rudeigin anns na sgeulachdan a bhios a' tighinn troimhe a-rithist 's a-rithist ge-tà. Samhla, no meatafor, far a bheil comas aig cuideigin na tha ri thighinn fhaicinn – rudan a tha ri thighinn… tachartasan 's daoine. Agus gu tric bidh rudeigin aca, gus cuideachadh a thoirt dhaibh – bha clach bheag aig fear a bha seo Coinneach Odhar – clach le toll anns a' mheadhan, is chitheadh e troimhe gus na seallaidhean fhaighinn.

'Co-dhiù, tha sgeulachd eile againn. Sgeulachd-cloinne a th' ann, a thèid innse gu tric do chloinn aig àm cadail. Agus tha e mu dheidhinn Angela Dhonn.'

bellamyv0621710001>projektdosieroj>bahia>kalejdoskopo> dubcekio121850001>notoj>prosbaig

A' Phrosbaig Bheag aig Angela Dhonn
Air a lìbhrigeadh le Màrtainn MacSuain, Breacais, An t-Eilean Sgitheanach
Air a chlàradh le Ruaraidh Iain Dubcek
Air a mholadh do Lìonra na h-Acadamaidh le Anthea R. NicLeòid agus Dòmhnall I. Dòmhnallach
Air fhoillseachadh air Lìonra na h-Acadamaidh 30 An t-Ògmhios 2210

"'S e seo sgeulachd Angela Dhuinn, mar a chaidh innse dhòmhsa le mo mhàthair nuair a bha mi nam bhalach. Bha m' athair cuideachd eòlach air an sgeulachd seo, ach 's ann bho mo mhàthair a fhuair mi i. Agus ma tha mearachdan anns an innse, 's mi 's coireach.

'Co-dhiù...

'Bha latha ann nuair a bha an saoghal air fad fo sgleò. Chan ann an-dè a bha seo, no a' bhon-dè, no fiù 's an latha roimhe sin, ach latha ar sinn-sinn-sinn-

sinn sinnsearan. Agus 's dòcha nas fhaide air ais na sin.

'Bha daoine anns an t-saoghal seo, a' coimhead air rudan gun a bhith gam faicinn ceart, oir bha iad uile air an cuairteachadh leis an sgleò a bha seo. Sgleò aotrom a bh' ann. Sgleò mar shìoda geal a tha cho mìn gun gabh faicinn troimhe. Mar sgòthan beaga a' gluasad ann an uspag gaoithe. Bha e a' cuairteachadh nan daoine, an sgleò a bha seo, agus bha e a' cuairteachadh nam beann as àirde, agus na cuantan as doimhne. Bha e a' cuairteachadh gach duine agus gach nì ann an nàdar, bho mheanbh-chuileagan gu mucan-mara.

'Agus abair gun robh argamaidean ann eadar daoine mu dheidhinn. Bha cuid ann nach tug an aire gun robh sgleò idir ann, agus a bha dhen bheachd nach robh dad ceàrr air na bha iad a' faicinn.

'Agus bha cuid ann a bha a' smaoineachadh – seadh, bha sgleò ann – ach nach gabhadh dad a dhèanamh mu dheidhinn – sin mar a bha an saoghal.

'Agus bha cuid ann a bha dhen bheachd – seadh, bha sgleò ann – agus gu feumadh na daoine cur às dha ann an dòigh air choreigin.

'Agus, bha cuid eile ann a bha a' cumail a-mach, seadh – bha rudeigin ann nach robh ceart le na bha iad a' faicinn, ach cha b' e sgleò an t-adhbhar – ach gun robh rudeigin ceàrr air sùilean nan daoine.

'Agus bha na h-argamaidean sin a' dol an-còmhnaidh. Agus dè bhios a' tachairt nuair a bhios argamaidean ann an-còmhnaidh? Uill, a Ruaraidh...?'

(GUTH RUARAIDH: Bidh daoine a' fàs crosta...)

'Bidh daoine a' fàs crosta, tha sin ceart. Chan e gun robh iad crosta a h-uile diog, den h-uile latha, den h-uile mìos den bhliadhna. Ach bha iad crosta gu tric. Ach bha rudeigin nas motha na sin ann. Cha robh iad a' faicinn an t-saoghail ann an dòigh cheart – 's an sgleò a bha seo a' laighe air a h-uile rud – agus bha sin gam fàgail mì-chinnteach 's mì-chofhurtail. Chan ann a h-uile diog, den h-uile latha, den h-uile mìos den bhliadhna. Ach gu tric.

'Co-dhiù, latha a bha seo, thàinig bàta beag gu tìr ann an Loch Corr Uisge. Bàta beag bòidheach air nach robh seòl no einnsean, a ghluais air an fhairge mar fhaoileag anns an adhar.

'Agus anns a' bhàta a bha seo, bha boireannach bòidheach. Cha robh i àrd, 's cha robh i beag. Cha robh i reamhar 's cha robh i tana. Agus cha robh i dubh, no bàn, ach donn, le falt nach robh goirid no fada. Agus ann am meadhan a sùilean mòra gorma, bha clachan ann a bha cuideachd mòr, mar a tha an iarmailt shoilleir air oidhche dhubh san Dùbhlachd.

'Cha robh bagaichean aig an tè a bha seo, no ciste, no biadh, no uisge. Cha robh aice ach aon nì – prosbaig. A' Phrosbaig Bheag aig Angela Dhonn.

'Seadh. Angela. Agus leis gun robh i donn, 's e 'Angela Dhonn' a bh' aig daoine oirre.

'Nist, thog Angela Dhonn bothan dhi fhèin air taobh an ear Shlèite, shuas air cnoc nach robh ro fhaisg air daoine eile. Cha robh e beag no mòr, am bothan a bha seo, no fuar no teth, ach cofhurtail, le sèithrichean 's teine agus uinneag mhòr le sealladh den mhuir agus de na monaidhean.

'An toiseach, bha daoine caran iomaganach mu dheidhinn Angela Dhonn. Nuair a bhruidhinn daoine rithe, cha tuirt i càil mu a deidhinn fhèin, ach gun robh i toilichte a bhith air an eilean agus toilichte a bhith a' bruidhinn riutha. Agus bhiodh i an-còmhnaidh a' moladh an latha – fiù 's nuair a bha sìde nan seachd sian ann.

'Aig amannan, cha bhiodh Angela Dhonn anns a' bhothan aice airson greis, ach a' seòladh a dh'àiteigin anns a' bhàta bheag aice. Ach nuair a thill i, bhiodh i a' cumail cèilidh bheag anns a' bhothan, le biadh, 's deoch 's gu leòr de shèithrichean ann airson a h-uile duine, fiù 's nuair a bha na dusanan ann. Agus bha na dusanan ann, leis mar a fhuair a h-uile duine cuireadh, agus leis gun do chòrd na cèilidhean beaga aig Angela Dhonn ris a h-uile duine. Oir ged a dh'itheadh tu do làn de bhiadh ann – agus abair biadh math – cha bhiodh tu a-riamh a' faireachdainn trom leis. Agus ged a bhiodh làn do bhroinn agad – agus abair deoch mhath – cha bhiodh tu a-riamh a' faireachdainn às do rian leis, ach toilichte 's sunndach 's càirdeil.

'Agus bha rudeigin eile ann a bha tarraingeach mu dheidhinn nan cèilidhean beaga aig Angela Dhonn. Aig a h-uile cèilidh, bhiodh daoine a' faighinn cothrom coimhead tron phrosbaig aice. A' phrosbaig bheag aig Angela Dhonn. Agus abair gun d' fhuair iad seallaidhean. Oir nuair a choimhead thu tron phrosbaig, cha robh an sgleò a' nochdadh ann idir. Chitheadh tu gach rud mar a bha iad, le solas òr annta uile, mar sholas anns an dorchadas. Agus chunnaic thu gun robh gach nì anns an t-saoghal a' gluasad 's ag atharrachadh, agus gun robh gach nì air a cheangal ri chèile anns an t-solas sin – na daoine agus an nàdar, na beanntan agus na cuantan, na meanbh-chuileagan agus na mucan-mara.

'Agus chunnaic Angela Dhonn gun tug sin buaidh air na daoine. Bha iad a' faighinn cothrom an saoghal fhaicinn gun sgleò, agus le sin, cha robh na h-aon argamaidean eatarra. Cha robh daoine cho mì-chinnteach 's cho mì-chofhurtail 's a bha iad. Agus chunnaic Angela Dhonn gur e rud math a bh' ann, a' phrosbaig bheag aice.

''S le sin, thòisich i ag obair. Latha 's a dh'oidhche, 's iomadh dhiubh sin, bha Angela Dhonn ag obair gu cruaidh air a' phrosbaig bhig aice. Agus às dèidh strì mhòr mhìorbhaileach, chruthaich i prosbaig ùr. Agus às dèidh strì mhòr mhòr mhòr mhòr mhòr, a bha, gu dearbh, na mhìorbhail, bha Angela Dhonn air prosbaigean a chruthachadh airson a h-uile fear 's tè san t-saoghal. Agus chaidh an sgaoileadh tron phost.

'Agus fhuair a h-uile duine prosbaig ann am parsail beag, le an ainm 's an seòladh sgrìobhte air. Oir bha liosta dhiubh uile aig Angela Dhonn. Agus abair gun tàinig atharrachadh air an t-saoghal ri linn sineach. Thòisich a h-uile duine a' coimhead air an t-saoghal mar a bha e. Cha robh argamaidean cho pailt 's cho puinnseanta 's a bha iad. Bha cinnt nas motha aig nas motha de dhaoine, agus cofhurtachd aca nach robh aca riamh roimhe.

'Agus beag air bheag, ceum air cheum, dh'fhalbh an sgleò gu tur, mar a bhios uspag gaoithe a' gluasad nan sgòthan air falbh air latha socair ciùin anns an t-samhradh, agus grian ùr shoilleir ga taisbeanadh fhèin dhan t-saoghal. Agus sin mar a tha sinn a' faicinn an t-saoghail an-diugh.

'Agus, ged a bha Angela Dhonn air a dòigh leis na bha air tachairt, bha i sgìth. Uill nach biodh tusa sgìth, a Ruaraidh? Ag obair gu cruaidh, latha 's a dh'oidhche 's iomadh dhiubh sin, air rudeigin cho mìorbhaileach ris a' phrosbaig bhig aig Angela Dhonn?

(GUTH RUARAIDH: Bhiodh.)

'Bhiodh gu dearbh. Agus le sin, dh'fhalbh Angela Dhonn air làithean-saora, anns a' bhàta bheag bhòidheach aice. Agus ged nach eil sinn air a faicinn air an eilean sa bhon latha a bha sin, 's dòcha gu bheil sin dìreach air sgàth 's gun robh i feumach air fois fhallain fhada. 'S dòcha gun till i an-diugh no a-màireach, no an làrna-mhàireach, no an latha às dèidh sin. Agus 's dòcha gum faic thusa i, a Ruaraidh. Angela Dhonn. Agus a' phrosbaig bheag aice.

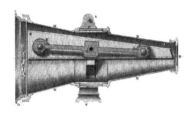

13

BHA ANNA A' leughadh, 's i a' laighe ann an leabaidh anns an taigh-òsta. Bha e dìreach às dèidh seachd anns a' mhadainn, agus bha solas an latha ri fhaicinn aig oir nan cùirtearan. Dh'fhairich i Ruaraidh a' gluasad ri a taobh.

Às dèidh greiseag, thuirt e, 'Madainn mhath.'

'Madainn mhath a Ruaraidh.' Chrom i a ceann gus pòg a thoirt dha. Chuir e a-mach a làmh gus grèim fhaighinn air na speuclairean aige.

'Dè tha thu a' leughadh?' dh'fhaighnich e.

'*A' Phrosbaig Bheag aig Angela Dhonn*,' fhreagair Anna. 'Tha e àlainn.'

'Tha an t-eadar-theangachadh math. 'S e bàrd a th' anns a' Ghriod.'

'Uill, tha obair a h-uile bàird fo chothrom agus gu math furasta am faighinn, agus comas ionnsachadh bhuapa uile. Nach eil sin ceart, a Ghriod?'

'Tha gu dearbh, Anna,' ars an Griod.

'An cuireadh tu às dhan sgàilean a-nist, a Ghriod?'

ars Anna, 'agus fosgail na cùirtearan.'

'Nì mi sin Anna,' ars an Griod.

Chuir Anna sìos a ceann air a bhabhstair, agus chuir i a gàirdeanan timcheall Ruaraidh, 's a cheann a-nist a' laighe air a broilleach. Tron uinneig, chunnaic i Creagan Dhùn Èideann, agus mullach an stèisein rèile. Cha robh ach latha gu leth air a bhith ann bho thàinig Anna far an trèana an sin. Doirbh a chreidsinn.

'Tha e àlainn, agus tha e a' toirt sealladh eile air na tha mi fhìn 's Vito air fhaighinn mar-thà,' ars Anna. 'Ge-tà, anns an sgeulachd agad, tha e follaiseach gu bheil a' phrosbaig – an Cailèideascop – a' toirt cruth-atharrachadh air an t-saoghal. Ach, ma tha sin fìor, ciamar a chaidh a chall?'

'Uill, tha fios gun deach tòrr fiosrachaidh a chall ann an Linn nan Tuiltean, agus na diofar bhuidhnean agus seann dhùthchannan a' coimhead air taighean-dàta an eadar-lìn mar thargaidean. Agus thòisich na trioblaidean mòra dìreach beagan às dèidh an ama nuair a bha Angela ag obair. Ann an dòigh, 's dòcha nach eil e na iongnadh gur ann tro bheul-aithris a chaidh an sgeulachd a chumail. Tha e inntinneach an dòigh sa bheil beul-aithris gu tric a' cumail cuimhne air rudeigin a tha an eachdraidh fhoirmeil air a chall. Gu ìre co-dhiù.'

'Seadh. Tha thu ceart,' ars Anna. 'Fear glic a th' annad. Tha mi toilichte gu bheil sinn ag obair còmhla.'

'Tè ghlic a th' annad fhèin Anna. Agus Vito. Uill, chan e tè a th' ann an Vito, ach...'

Chuir Anna stad air bruidhinn, 's i a' toirt pòg dha.

'Dè nì sinn an-dràsta ma-thà?' arsa Ruaraidh. Bha e fhèin 's Anna ag ithe breacaist aig mullach an taigh-òsta, a' coimhead a-mach air Cnoc Calton agus Beinn Artair.

'An-diugh, a bheil thu a' ciallachadh?' dh'fhaighnich Anna. 'Bha mi a' smaoineachadh gur dòcha gum biodh e math turas a ghabhail a Chill Rìmhinn, a dh'fhaicinn far an robh Brewster ag obair, agus sùil a thoirt air barrachd de na fotografan àlainn sin. Agus feumaidh mi freagairt a chur gu Vito air Caileasto. Fhuair mi teachdaireachd theacsa bhuaithe. Tha e ag ràdh gu bheil e air 'A' Phiuthar Bheag' a lorg.'

"A' Phiuthar Bheag'. Dè tha sin a' ciallachadh?'

'Ainm nobhail a th' ann bho sgrìobhadair air a bheil Vito cracte – Raymond Chandler. Tha mi a' smaoineachadh gu bheil e a' ciallachadh gu bheil e air fiosrachadh a bharrachd a lorg air Angela.'

'Math fhèin. Uill, chan urrainn dhomh a thighinn còmhla riut an-diugh, gu mì-fhortanach – tha coinneamh agam feasgar an seo ann an Dùn Èideann. Ach dè mu dheidhinn a bhith a' coinneachadh ann an Obar Dheathain a-nochd? Chan eil mi air a' Chailèideascop fhaicinn fhathast, agus bha mi a' smaoineachadh gur dòcha gum biodh e math sin a dhèanamh còmhla...'

'Tha sin glan Ruaraidh. Dìreach glan. Agus às dèidh sin, bha mi a' smaoineachadh gum fuirichinn ann an Alba greis – cola-deug 's dòcha. Turas dhan

Eilean Sgitheanach? Agus beagan rannsachaidh a bharrachd anns na taighean-tasgaidh. Às dèidh sin, tillidh mi dhachaigh a Chaileasto. Tha tòrr obrach romham.'

'Uill, bhithinn gu math deònach do thoirt timcheall nan eilean, nam biodh sin ceart gu leòr leat?'

Chuir Anna a làmh air làmh Ruaraidh.

'Bhiodh gu dearbh Ruaraidh. Bhiodh gu dearbh.'

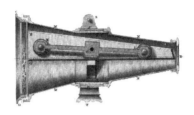

14

BHA ANNA NA laighe anns a' Phàirc ann an Caileasto, 's i air a bhith air ais anns a' Bhaile trì làithean deug. Bha a sùilean dùinte, a' smaoineachadh mu dheidhinn an latha far an deach i fhèin 's Ruaraidh suas air Blàthbheinn – an latha slàn mu dheireadh a bh' aice ann an Alba, mus d' fhuair i an trèana bhon Ath Leathainn gu Inbhir Nis, agus an uair sin gu Paras.

Bha e àlainn, latha a bha sin. Àlainn. Fuar, le gaoth làidir ann (làidir dhìse co-dhiù, cha do chuir e cus dragh air Ruaraidh idir) le sgòthan àrda liath-gheal os an cionn, mar chanabhas air an robh nàdar de dhealbh air a pheantadh. Agus abair dealbh. Na cuantan 's na monaidhean 's na h-eileanan. Brèagha.

Dh'fhosgail Anna a sùilean agus choimhead i mu thimcheall. Bha a' Phàirc brèagha ceart gu leòr, agus cofhurtail, le oiteag gaoithe ann a bha a' faireachdainn blàth air a craiceann. Ach cha robh seallaidhean annta a sheasadh ri na chunnaic Anna air an eilean an latha a bha sin.

Laigh Anna air a druim-dìreach a-rithist, a' coimhead an-àird air taobh eile a' Bhaile. Dhùin i a sùilean.

Bha fios aice bho litreachas nan linntean seo chaidh, gun deach eilthirich gu tric a thaisbeanadh mar dhaoine a bha ag iarraidh thachartasan annasach 's cunnart 's spòrs, a bharrachd air beatha ùr – agus fios aice bhon eachdraidh gun robh sin fìor, gu ìre co-dhiù. Ach – bha i a' smaoineachadh – chan ann mar sin a bha e anns an linn aice fhèin. A' chuid as motha de dhaoine a dh'fhàg an Talamh, bha iad ag iarraidh beatha shamhach, shocair, chiùin. Beatha shàbhailte. Nuair a chaidh daoine dha na planaidean an toiseach, bha iad a' gluasad a-steach air àitichean mar am Baile – a bha air an togail le ròbotan, agus a bha gu ìre mhòr deiseil a bhith nan àitichean-còmhnaidh cofhurtail. Cha robh aig daoine ri beatha a chladhach dhaibh fhèin bho àite a bha cèin 's neònach dhaibh. Cha robh aca ri fulang.

'S dòcha gur e sin a bha tarraingeach do dhaoine mu dheidhinn nam planaidean ùra, agus nan stèiseanan-fànais. Bha beatha shìmplidh ann dhaibh. Gu dearbh, b' urrainn dhut deise-fhànais a chur ort agus leum timcheall an àite fo shùil A' Bhodaich, no – mar a rinn i air Mars – Olympus Mons a dhìreadh. Ach bha fhios agad, bho latha gu latha, dè seòrsa sìde a bha romhad, gum biodh tachartasan inntinneach ann, a h-uile goireas a bhiodh tu ag iarraidh, agus sin uile faisg air an àite chofhurtail, bhlàth far an robh thu a' fuireach.

Bha cuid air mothachadh gun robh beagan a bharrachd dhe na daoine, nach robh a' fuireach air an Talamh, bho thùs bho na sgìrean a bu mhotha air na bhuail Linn nan Tuiltean – An Roinn Eòrpa, Eileanan a' Chuain Shèimh, na h-Innseachan, Iar-dheas Aimearagaidh a Tuath. Agus 's dòcha gur e sin pàirt dhen adhbhar gun do chuir iad cùl ris a' phlanaid – bha an teaghlaichean air cus fhuiling ann, agus, ged nach ann mar sin a bha cùisean an-dràsta, 's dòcha gun robh na cuimhneachain fhathast ann gu ìre.

Shuidh Anna an-àird a-rithist.

'A Ghriod, am faod mi tilleadh dhan leughadh a bh' agam?' ars Anna.

'Faodaidh gu dearbh, Anna,' ars an Griod, agus nochd sgàilean anns an adhar.

'An Cailèideascop: A' Tionndadh na Talmhainn'
Air a sgrìobhadh le Anna Bahia, Vito C. Bellamy agus Ruaraidh Iain Dubcek
Air a mholadh do Lìonra na h-Acadamaidh le Samira Maan, Daibhidh Terrey, agus Anthea R. NicLeòid
Air fhoillseachadh air Lìonra na h-Acadamaidh, [DREACHD]

Tha deasbad fhathast a' dol mu dheidhinn luach na h-abairt 'Linn nan Tuiltean', a thathas a' cleachdadh gus an t-sreath de chogaidhean, ar-a-machan agus sgriosan nàdarrach a ghabh àite air an Talamh eadar 2020 agus 2050 a riochdachadh. Tha na h-ùghdaran seo a' creidsinn gur e abairt fheumail a th' ann, agus anns a' phàipear seo, bidh sinn a' leantainn eisimpleirean dhaoine eile anns An Acadamaidh a tha air a chleachdadh san obair aca.

Tha sinn cuideachd a' leantainn eisimpleir a' mhòr-chuid de dhaoine san Acadamaidh, a tha a' tomhas gun do thòisich Linn nan Tuiltean ann an 2020, nuair a dh'èirich staing ùr ann an ionmhasan eaconamaidh na Talmhainn, agus gun chrìochnaich i ann an 2050, nuair a chaidh Aonta nan Daoine fhoillseachadh.

Tha obair eile air seallatainn gun deach dèiligeadh ris an dol-sìos anns an eaconamaidh ann an diofar dhòighean le diofar ùghdarrasan riaghlaidh air feadh na Talmhainn. Ach – anns an fharsaingeachd – eadar 2020 agus 2032, chunnacas gluasad a dh'ionnsaigh deamocrasaidh a bharrachd ann an cuid de dhùthchannan, agus smachd a bharrachd air an eaconamaidh air a thoirt dhan deamocrasaidh sin.

Anns a' phàipear seo, thathas a' cur air adhart fianais gun robh an Cailèideascop mar phàirt dhen adhbhar a thàinig na gluasadan sin gu bith. Thathas cuideachd a' cur air adhart fianais gun robh fios aig na daoine a bha a' seasamh an aghaidh nan gluasadan sin, gun robh an Cailèideascop a' toirt buaidh air beachdan muinntir na Talmhainn ann an dòigh nach robh fàbharach do sheasamh nan uachdaran. Agus tha sinn a' cur air adhart beachd gun deach fiosrachadh mun Chailèideascop a chall – gu ìre – leis gun robh na daoine sin ag obair gus an ceann-uidhe sin a choileanadh – tha sin a bharrachd air a' chall fharsaing de dh'fhiosrachadh eileagtronaigeach a thachair ri linn nan cogaidhean mòra eadar 2032 agus 2036...

'Feasgar math Anna.'

Nuair a choimhead Anna air falbh bhon leughadh aice, dh'fhalbh an sgàilean. Chunnaic i Vito a' coiseachd ga h-ionnsaigh, sèithear-pasgaidh agus basgaid na làmhan.

'Bha mi dìreach a' smaoineachadh air sin, o chionn greis Vito. Gur e feasgar math a th' againn a h-uile latha an seo air Caileasto.'

'Dìreach mar bu chòir,' arsa Vito, 's e a' cur an t-sèitheir air dòigh dha fhèin. Shuidh e. 'A bheil thu ag ionndrainn uisge na h-Alba ma-thà? No rudeigin eile a tha an sin?' Bha gàire air.

'Tha gu ìre,' ars Anna. 'Agus na seallaidhean a chunnaic mi air a' Ghàidhealtachd. Bu chòir dhut am faicinn.'

'Nì mi sin gu dearbh. Tron Ghriod. Tha mo bheatha ro ghoirid airson a bhith a' siubhal tro na speuran. Tha mi toilichte far a bheil mi.' Dh'fhosgail e a' bhasgaid. Shìn e a-mach plangaid a bha na broinn air an talamh, agus biadh 's stuth eile airson cuirm-chnuic.

'Bha mi a' leughadh na tha sinn air a dhèanamh gu ruige seo air a' phàipear againn,' ars Anna.

'Na tha thusa air a dhèanamh. Cha d' rinn mise dad.'

'Ach 's tu a lorg…' chaidh guth Anna an-àird rud beag. 'Och tha sinn air bruidhinn air seo iomadh turas a-nist Vito. Tha d' ainm a' dol air a' phàipear, agus sin e.'

'Tha fios a'm, tha fios a'm. Dh'aontaich mi, nach do dh'aontaich? Feumaidh mi aideachadh gun robh mi toilichte le mar a fhuair mi am fiosrachadh sin mu dheidhinn Angela anns an Spàinn. Tha e math a bhith a' toirt gu solas na rudan a bha na bugairean sin airson cumail am falach.'

'Seadh. Rinn thu math dha-rìribh le sin a charaid, 's tha thu airidh air aithneachadh 's moladh. Nist, càit a bheil sinn, a Ghriod…?'

'An seo tha mi a' smaoineachadh, Anna.'

'An Cailèideascop: A' Tionndadh na Talmhainn'
Air a sgrìobhadh le Anna Bahia, Vito C. Bellamy agus Ruaraidh Iain Dubcek
Air a mholadh do Lìonra na h-Acadamaidh le Samira Maan, Daibhidh Terrey, agus Anthea R. NicLeòid
Air fhoillseachadh air Lìonra na h-Acadamaidh, [DREACHD]

Chaidh fiosrachadh a bharrachd air NicIlleDhuinn a lorg ann an clàraidhean nan seirbheisean-brathaidh a bha ag obair às leth riaghaltasan cuid dhe na seann dhùthchannan – An Spàinn, An Rìoghachd Aonaichte, agus Na Stàitean Aonaichte.

Ged nach eil e cinnteach bho na clàraidhean, tha fianais ann gur dòcha gur e an t-seirbheis-bhrathaidh Bhreatannach MI5 a bha air cùl na dh'èirich dha NicIlleDhuinn nuair a bha i ann an Alba – air neo oifigearan bhon t-seirbheis Aimearaganach an CIA, a bha ag obair le cead bho na h-ùghdarrasan Breatannach.

Tha faidhle ann a' sealltainn gun deach iarrtas a chur gu seirbheis na Spàinne leis an CIA, gus sùil a chumail air NicIlleDhuinn às dèidh dhi tilleadh do Mhadrid anns an t-Sultain 2016. 'S coltach nach tug an t-seirbheis Spàinnteach cus prìomhachais dhan iarrtas, ach tha còig aithrisean a' nochdadh anns an fhaidhle: anns an Dàmhair 2016, bhathas ag aithris ann gun robh NicIlleDhuinn a' fuireach ann am flat ann am Baile Alcobendas, faisg air Madrid, agus gun robh am flat sin aig Penelope Miguela Jimenez, tè a bha na caraid dhi, agus a bha an sàs ann an Obair-lann Fhosgailte Mhadrid; anns an Dùbhlachd 2016, tha aithris ann bho oifigear a chaidh gu coinneamh phoblach aig Obair-lann Fhosgailte Mhadrid, far an robhas a' bruidhinn air iomairt gus Bunait a' Chailèideascoip a chruthachadh – iomairt nach gabh coileanadh; anns a' Mhàrt 2017, thathas ag aithris gun d' fhuair poilis na Spàinne grèim air frithealaiche-lìn agus bathar eile bhon Obair-lann Fhosgailte; anns an t-Sultain 2017, thathas ag aithris gu bheil nighean bheag a-nist aig NicIlleDhuinn, a chaidh a bhreith aig Hospital Universitario Infanta Sofía air 7mh latha dhen mhìos sin. Chaidh an tè bheag a chlàradh leis an stàit Spàinnteach fon ainm Catherine Brown Fernández agus 's e José Fernández Martìn a tha ainmichte mar athair na h-ìghne. Anns an Dàmhair 2017, thathas ag aithris gu bheil an triùir dhiubh sin air Madrid fhàgail, agus iad uile a-nist a' fuireach ann am Murcia, far an deach Fernández Martìn a thogail, agus far an robh a pàrantan fhathast a' fuireach.

Ann an aithrisean a chaidh a chur dhan fhaidhle le oifigearan bhon CIA, 's MI5, agus MI6, tha e follaiseach gun robh iomairt ann gus smachd fhaighinn air planaichean a' Chailèideascoip. Chaidh taic a thoirt do dhà chompanaidh phrìobhaideach a chaidh gu cùirt, 's iad ag ràdh gun robh còirichean acasan air na planaichean, leis gun robh iad air peutantan fhaighinn air a' Chailèideascop. Mar a chaidh a' chùis tro na cùirtean, chaidh òrdughan fhoillseachadh a chuir casg air frithealaichean-lìn bho a bhith a' cumail nam planaichean gu poblach. Anns a' Mhàrt 2017 agus An Giblean 2017, thathas ag aithris gun deach rèidean a chumail aig Obair-lannan Fosgailte ann an dùthchannan eadar-dhealaichte, gus grèim fhaighinn air fiosrachadh a bha iad a' cumail air frithealaichean prìobhaideach – planaichean a' Chailèideascoip nam measg. Chaidh cead a thoirt dha na rèidean seo leis na cùirtean, leis gun deach innse dhaibh gun robh fianais ann gun robh obair-cheannairc a' dol anns na h-Obair-lannan Fosgailte.

A bharrachd air sin, tha e follaiseach bhon fhaidhle gun robh iomairt phoblach a' dol anns na meadhanan eadar 2017 agus 2019, gus daoine a tharraing air falbh bho a bhith a' cleachdadh a' Chailèideascoip, agus gur e oifigearan bho na seirbheisean-brathaidh a bha air cùl sin. Tha cuid de dh'artagailean ann a tha a' càineadh a' Chailèideascoip mar dhèideag nach robh gu feum. Tha cuid eile a' rabhadh gur dòcha gu bheil an t-inneal cunnartach, le rannsachadh a' sealltainn gun do dh'adhbharaich e trioblaidean-inntinn ann an daoine òga gu h-àraidh.

Tha na sgrìobhainnean a' sealltainn gun do thuit gu mòr an àireamh de Chailèideascopan a chaidh a dhèanamh ann an 2019...

'Stad gus am faigh sinn grèim bidhe,' arsa Vito. 'Tha

an t-acras gam tholladh.'

Bha e a' cur leann dha na mugannan a bha air a' phlangaid, agus ceapairean air na truinnsearan. 'Ciamar a tha cùisean a' dol airson na h-òraid?'

'Tha gu math,' ars Anna, 's i a' togail a' mhuga aice. 'Tapadh leat Vito, tha seo snog. Aidh, an òraid... tha Ruaraidh gu bhith ann gu deimhinne, còmhla ri sgoilear eile bho Alba, Anthea. Tha ise air aontachadh am pàipear a mholadh dhan Acadamaidh. Agus tha mu cheud sgoilear eile air aontachadh a thighinn ann cuideachd – cuid dhen fheadhainn a tha air a bhith a' toirt sùil air fiosaigs a' Chailèideascoip nam measg.'

Ghabh Anna balgam dhen leann aice.

'Agus tha mi cuideachd air a bhith ag obair leis a' Ghriod air rudeigin sònraichte. Ach tha mi a' cumail sin agam fhìn an-dràsta.'

'Tha thusa nas miosa na na bugairean brathaidh ud,' arsa Vito, 's e air gluasad bho cheapaire gu pìos mòr cèic.

'Ò, cha bhi an rud seo dìomhair fada Vito,' ars Anna, le gàire.

15

CHA ROBH OILTHIGH air Caileasto, no air àite sam bith eile ann an siostam na grèine. Ach bha An Acadamaidh ann, agus 'Lìonra na h-Acadamaidh'. Bha dà chiall anns an abairt sin: pàirt shònraichte dhen Ghriod far an deach fiosrachadh a chumail a bha ceangailte ri rannsachadh ann an raon sam bith a bha cudromach do bheatha mhic-an-duine; agus na ceanglaichean a bh' ann eadar daoine a bha an sàs ann an rannsachadh dhen leithid sin.

Bha an Lìonra fosgailte dhan h-uile duine. Bhon a bha iad òg 's deiseil le an sgoilearachd bhunaiteach, bhiodh gach fear 's tè a' cleachdadh an Lìonraidh gus eòlas fhaighinn air cuspair sam bith a bha inntinneach dhaibh. Òraidean, leabhraichean, pàipearan, geamaichean, dealbhan, fuaimean, hoileagraman, deuchainnean – bha iad uile an sin ri fhaighinn tron Ghriod do dhuine sam bith a bha gan iarraidh.

Agus bha comas aig duine sam bith an t-eòlas aca fhèin a chur ris an Lìonra – 's e an aon rud, gum feumadh co-dhiù dà bhall dhen Acadamaidh an rannsachadh a mholadh mus deigheadh fhoillseachadh. Cha robh mòran thiotalan air fhàgail am measg dhaoine, ach b' e 'Sgoilear' fear dhiubh. B' urrainn do dhaoine sin a chleachdadh gus comharrachadh gun deach rannsachadh a rinn iad fhoillseachadh air an Lìonra, agus le sin, gun robh iad a-nist nam ball dhen Acadamaidh.

Anns gach baile far an robh daoine a' fuireach ann an siostam na grèine, bha togalaichean a bha fosgailte do dhuine sam bith a bha airson rannsachadh a dhèanamh, no òraidean a thoirt seachad. Bhiodh luchd-ealain agus ceàird cuideachd a' cur nan seòmraichean sin gu feum. Nan robh innealan no goireasan sònraichte a dhìth airson na bha thu airson a dhèanamh, bhiodh an Griod deònach sin a thoirt dhut. Bha ionadan sònraichte ann dhan fheadhainn a bha a' dèanamh rannsachadh air rudan a dh'fhaodadh cron a dhèanamh air a' phoball. Mar as tric bha iad air stèiseanan-fànais beaga air falbh bho bhailtean eile.

Nuair a chaidh d' obair fhoillseachdh, 's e latha gàirdeachais a bh' ann. Bhiodh daoine gu tric a' cumail òraid shònraichte, 's a' toirt cuireadh a thighinn ann do chàirdean 's do charaidean, agus do dhaoine air an robh iad eòlach bhon Acadamaidh.

Air an latha seo, bha mu dhà cheud neach ann an taigh-dhealbh na Pàirce. Bha ùrlar beag air am beulaibh, agus bha Anna, Vito, Ruaraidh agus dà bhoireannach eile, uile nan suidhe an sin air sòfa mòr, a' bruidhinn ri chèile. An uair sin, sheas tè dhe na boireannaich agus chaidh i a dh'ionnsaigh an luchd-èisteachd. Bha i àrd, le sùilean dorcha, agus falt liath, agus bha an sari dhearg aice a' deàrrsadh ann an solas an latha.

'A chàirdean. 'S mise An Sgoilear Samira Maan agus tha e mar urram dhomh fàilte a chur oirbh uile an-diugh. Tha e cuideachd mar urram dhomh aithneachadh agus moladh a thoirt dhan triùir a bha an sàs anns an rannsachadh a chaidh fhoillseachadh air a' mhìos sa chaidh. Tha Anna Bahia, Vito Bellamy, agus Ruaraidh Dubcek air sgeulachd a bha caillte a thoirt air ais do mhac-an-duine. Mar chuideigin a tha air a bhith an sàs ann an rannsachadh na h-eachdraidh fad iomadh bliadhna, bha mi eòlach mar-thà air an obair chudromach aig Anna Bahia, ach tha an obair seo air a' Chailèideascop, gu dearbha, airidh air moladh. A chàirdean: Anna Bahia.'

Thòisich daoine a' bualadh nam bas agus chaidh Anna a dh'ionnsaigh oir an ùrlair, a' faighinn pòg bho Shamira anns an dol-seachad. Às dèidh greis, thòisich i a' bruidhinn,

'A chàirdean. Bu mhath leam taing a thoirt do Shamira Mann agus do dh'Anthea NicLeòid a thug moladh dhan phàipear againn. Agus bu mhath leam taing a thoirt dhuibhse uile airson tighinn ann air an latha shònraichte seo. Ged 's mise a tha a' toirt seachad na h-òraid an-diugh, 's e obair thriùir a bha anns an rannsachadh seo, agus bu mhath leam taing a thoirt do Ruaraidh, agus gu h-àraidh do chuideigin a tha làn tàlaint, 's làn maitheanais, am fìor charaid agam, An Sgoilear Vito C. Bellamy.'

Thòisich daoine a' bualadh nam bas a-rithist. An toiseach, cha robh coltas cho toilichte air Vito, ach mu dheireadh thall, sheas e, agus thog e an ad aige gus taing a thoirt seachad dhaibh.

'Chan eil fhios a'm am bi Vito a' cleachdadh an tiotail sin 'Sgoilear' bho seo a-mach – chan eil pròis mar phàirt dhen fhear mhìorbhaileach seo – ach tha e làn airidh air. Mìle taing Vito.

'Bidh sibh toilichte cluinntinn nach tèid mi a-steach ann an doimhneachd air an rannsachadh againn anns an òraid seo, agus am pàipear ri fhaighinn do dhuine sam bith. An àite a bhith a' toirt thugaibh fiosrachadh bunaiteach air eachdraidh a' Chailèideascoip, bha mi airson beachd no dhà a th' agam fhìn a thoirt dhuibh.'

Air cùl Anna nochd cearcall le trast-thomhas 10m, hoileagram a chaidh a chruthachadh leis a' Ghriod gus sealltainn do dhaoine an sealladh tro Chailèideascop.

'Tha mi cinnteach gu bheil a' mhòr-chuid agaibh air seo fhaicinn mar-thà – sealladh a' Chailèideascoip. Agus tha e brèagha gun teagamh. Tha Sgoilearan eile bhon Acadamaidh – An Sgoilear Seòras Schneider nam measg,' chomharraich Anna fear òg a bha a' suidhe san èisteachd, 'a' dèanamh rannsachadh air an inneal an-dràsta. Tha sinn aig ìre thràth fhathast, ach tha e coltach – mar a chaidh a chur air adhart aig an àm – gu bheil an Cailèideascop a' dèanamh follaiseach, chan e an Raon Higgs fhèin, ach buaidh an Raoin Higgs air a' chruinne-chè.

'Tha an sealladh sin gu dearbh brèagha: ach mar

a thuirt mi ri Vito fhad 's a bha sinn a' rannsachadh, cha tug e buaidh orm anns an aon dòigh 's a thug e buaidh air Angela NicIlleDhuinn. Agus a-rithist, tha rannsachadh tràth bhon Sgoilear Pàdraig Lakov a' sealltainn gur dòcha gu bheil adhbhar ann airson sin. Tha mi gu math toilichte gu bheil Pàdraig cuideachd còmhla rinn an-diugh.

'Tha am pàipear againn a' toirt fianais gun robh saidhg-eòlaichen bho àm a' Chailèideascoip dhen bheachd gur dòcha gun robh e a' toirt atharrachadh air daoine. Tha an rannsachadh tràth aig Pàdraig a' sealltainn gur dòcha gun robh iad ceart, agus gu bheil an Cailèideascop a' neartachadh nan comasan aig daoine co-fhaireachdainn a thaisbeanadh. Agus le ùine, gur dòcha gun toireadh sin atharrachadh air pearsantachd dhaoine, gus am bi na ceanglaichean a bhiodh iad a' faireachdainn le nàdar agus le daoine eile a' fàs nas cudromaiche nar beathannan. Ach bhiodh an t-atharrachadh as motha air daoine anns an robh na prionnsapalan sin caran lag. 'S dòcha gur e sin as coireach gur e a bu mhotha a thug buaidh air daoine bhon linn anns an robh Angela beò na air daoine bhon linn againn fhìn.

'Tha fios againn, mar a tha sinn a' comharrachadh anns a' phàipear, gun robh atharrachadh air an Talamh anns na bliadhnaichean às dèidh dhan Chailèideascop nochdadh, le gluasad farsaing ann an cuid dhe na seann dhùthchannan a dh'ionnsaigh deamocrasaidh a bharrachd. Chan urrainn dhuinn a ràdh le cinnt gun robh ceangal ann eadar na gluasadan sin, agus an t-inneal iongantach aig Brewster, ach –

mar a chunnaic sinn anns an òraid leis An Sgoilear Nsekele a chaidh a lorg le Vito – 's coltach gun robh am beachd sin aig daoine bhon àm.

'Anns an òraid sin a chaidh a thoirt seachad le Nsekele aig Oilthigh Dhùn Èideann ann an 2019, 's e an rud as motha a bhuail orm, an dòchas 's cinnt a bh' aig an fhear seo. Bha e beò ann an saoghal far an robh deamocrasaidh a' dèanamh adhartas. Ach mar a tha fios againn, bha e fada, fada ro dhòchasach, agus bha Linn nan Tuiltean a' feitheamh airsan agus air muinntir na Talmhainn air fad, le sgrios, agus call, agus caoidh.

'Chaidh tòrr a chall gu dearbha, an Cailèideascop nam measg. Ach tha an rannsachadh aig Ruaraidh a' seallttainn nach eil sin buileach fìor – gun robh an sgeulachd agus an t-inneal cho cudromach do dhaoine 's gun deach cuimhne a chumail orra ann am beul-aithris nan Gàidheal. Air a thoirt bho phàrant, do chloinn, fad ghinealachdan. Tha sin fhathast na mhìorbhail dhomh.

'Agus tha e mar chomharra, 's dòcha, gum faigh mac-an-duine dòigh an-còmhnaidh gus na rudan cudromach, bunaiteach, a ghleidheadh – fiù 's ann am meadhan ùpraid agus sgrios. Fhuair sinn seachad air Linn nan Tuiltean. Le Aonta nan Daoine ann an 2050, chuir sinn ar cùl ri cogadh, agus ri bochdainn. Chruthaich sinn an Griod – inneal a tha nas iongantaiche fiù 's na an Cailèideascop fhèin. Tha sinn air a bhith beò ann an sìth 's beairteas bhon uair sin. Tha daoine a-nist rim faighinn am measg nam planaidean. Agus 's dòcha nach bi e fada gus am bi sinn cuideachd ri ar faighinn am measg nan rionnagan.

'Agus seall air far a bheil sinn an-diugh, am Baile brèagha seo air Caileasto. Seall air a' chruth a th' air, cruth a th' air a' chuid as motha dhe na bailtean a tha nar dachannan anns na speuran.'

Aig aon cheann dhen Bhaile, far an robh solas an latha a' deàrrsadh, thòisich dathan a' nochdadh gu slaodach, bho bhuidhe, gu airgead, gu liath, gu geal, gu dearg, gu gorm. Agus thàinig iad còmhla ann am pàtranan annasach, a' gluasad agus a' tighinn 's a' falbh nan cruthan brèagha eadar-dhealaichte, mar a chunnacas ann an Cailèideascop Beag.

'An e tuiteamas a th' ann,' ars Anna, 'gu bheil a' chuid as motha againn a tha a-nist beò far na Talmhainn, a' fuireach ann am bailtean a tha gu math coltach ri cailèideascop? An do ghlèidh sinn an cruth sin mar rudeigin cudromach dhuinn, anns an aon dòigh a ghlèidh sinn an sgeulachd aig Angela Dhonn?'

Air beulaibh Anna, nochd dealbh mòr de Angela NicIlleDhuinn.

''S dòcha gur e tuiteamas a th' ann. 'S dòcha nach eil ceangal làidir ann eadar an Cailèideascop agus an dòigh-beatha a tha sinn air cruthachadh dhuinn fhìn. Ach tha aon rud cinnteach, fhuair an tè seo lorg air rudeigin a bha mìorbhaileach. Ach cha do chùm i aice fhèin e – ged nach biodh sin idir a-mach às an àbhaist anns an linn anns an robh i beò. Thug i seachad do mhuinntir na Talmhainn e, gu fosgailte agus gun dàil. Tha mi air sean-fhacal ionnsachadh bho Ruaraidh –

's e an teanga a labhras, ach an gnìomh a dhearbhas. Tha mise dhen bheachd gur e gnìomhan fialaidh mar an fhear seo aig Angela NicIlleDhuinn, a bha nam bun-stèidh air an dòigh-beatha a th' againn an-diugh.'

Choimhead Anna timcheall oirre, agus an dòigh san robh solas a' Chailèideascoip air ath-thilgeadh bho aodannan càirdeil nan daoine a bha an làthair, air Vito, air Ruaraidh. Agus an uair sin air an hologram de Angela NicIlleDhuinn.

'Tha an Cailèideascop airidh air moladh – agus air cuimhneachadh. Tha 's an tè òg seo cuideachd.'

Chrìochnaich Anna gu sìmplidh, ann an Gàidhlig.

'Tapadh leibh.'

Taing

Bu mhath leam taing a thoirt do Karell Sime, Joe McLaughlin, Alison Lang, Chomhairle nan Leabhraichean (agus gu h-àraid do John Storey), Johan Nic a' Ghobhainn, Iain MacIllEathain, Penny Cole agus Dave Terrey.

Leughadh a bharrachd

Leabhraichean

Robert Crawford, *The Beginning and the End of the World: St Andrews, Scandal, and the Birth of Photography*
Leabhar a tha a' toirt sealladh dhuinn air mar a thug Sir Daibhidh Brewster fotografachd do dh'Alba. Air a sgrìobhadh le fear a tha na bhàrd – agus tha sin a' tighinn troimhe san leabhar.

Sir David Brewster, *The Martyrs of Science*
Leabhar goirid inntinneach a chaidh fhoillseachadh ann an 1841, agus Brewster a' toirt sùil air beathannan an luchd-saidheans ainmeil Galileo, Tycho Brahe agus Kepler. Saor 's an-asgaidh ri fhaighinn mar leabhar-d air Pròiseact Gutenberg an seo: http://www.gutenberg.org/ebooks/25992

Margaret Maria Gordon, *The Home Life of Sir David Brewster*
Leabhar air beatha Dhaibhidh Brewster a chaidh a sgrìobhadh le a nighinn, agus a chaidh fhoillseachadh ann an 1881. Saor 's an-asgaidh ri fhaighinn an seo: http://www.electricscotland.com/history/brewster/index.htm

Clifford D Simak, *City*
Leabhar saidh-fi air an robh mi gu math measail nuair a bha mi nam dheugaire. Cruinneachadh de sgeulachdan goirid, uile a' toirt sealladh eadar-dhealaichte air sgeulachd mhic-an-duine. Agus tha calèideascop a' nochdadh ann.

Isaac Asimov, *The Gods Themselves*
Leabhar saidh-fi sgoinneil eile a leugh mi nam òige. Tha an 'Leum Cangarù' a' nochdadh ann.

Làraich-lìn

https://brewstersociety.com/kaleidoscope-university/sir-david-brewster/
Fiosrachadh air Sir Daibhidh Brewster agus air a' Chalèideascop bho Chomann Chalèideascop Bhrewster.

pearltrees.com/sophiapangloss/david-brewster-kaleidoscopes/id6958042
Dealbhan agus fiosrachadh air Brewster agus cailèideascopan.

https://en.wikipedia.org/wiki/David_Brewster

https://en.wikipedia.org/wiki/Kaleidoscope

https://ntrs.nasa.gov/archive/nasa/casi.ntrs.nasa.gov/20030063128.pdf
Revolutionary Concepts for Human Outer Planet Exploration (HOPE)
Pàipear a tha a' toirt seachad rannsachadh a chaidh a chur air dòigh le NASA. Tha e a' toirt sùil air dè an teicneòlas a bhiodh a dhìth gus siubhal gu planaidean eile ann an siostam na grèine. 'S e aon de ghealaichean Iupatair, Caileasto, a thagh iad mar an ceann-uidhe as freagarraiche.

https://en.wikipedia.org/wiki/Callisto_(moon)

Luath foillsichearan earranta

le rùn leabhraichean as d' fhiach a leughadh fhoillseachadh

Thog na foillsichearan Luath an t-ainm aca o Raibeart Burns, aig an robh cuilean beag dom b' ainm Luath. Aig banais, thachair gun do thuit Jean Armour tarsainn a' chuilein bhig, agus thug sin adhbhar do Raibeart bruidhinn ris a' bhoireannach a phòs e an ceann ùine. Nach iomadh doras a tha steach do ghaol! Bha Burns fhèin mothachail gum b' e Luath cuideachd an t-ainm a bh' air a' chù aig Cú Chulainn anns na dàin aig Oisean. Chaidh Luath a stèidheachadh an toiseach ann an 1981 ann an sgìre Bhurns, agus tha iad a-nis stèidhichte air a' Mhìle Rìoghail an Dùn Èideann, beagan shlatan shuas on togalach far an do dh'fhuirich Burns a' chiad turas a thàinig e dhan bhaile mhòr.
Tha Luath a' foillseachadh leabhraichean a tha ùidheil, tarraingeach agus tlachdmhor. Tha na leabhraichean againn anns a' mhòr-chuid dhe na bùitean am Breatann, na Stàitean Aonaichte, Canada, Astràilia, Sealan Nuadh, agus tron Roinn Eòrpa – 's mur a bheil iad aca air na sgeilpichean thèid aca an òrdachadh dhut. Airson leabhraichean fhaighinn dìreach bhuainn fhìn, cuiribh seic, òrdugh-puist, òrdugh-airgid eadar-nàiseanta neo fiosrachadh cairt-creideis (àireamh, seòladh, ceann-latha) thugainn aig an t-seòladh gu h-ìseal. Feuch gun cuir sibh a' chosgais 'son postachd is cèiseachd mar a leanas: An Rìoghachd Aonaichte – £1.00 gach seòladh; postachd àbhaisteach a-null thairis – £2.50 gach seòladh; postachd adhair a-null thairis – £3.50 'son a' chiad leabhair gu gach seòladh agus £1.00 airson gach leabhair a bharrachd chun an aon seòlaidh. Mas e gibht a tha sibh a' toirt seachad bidh sinn glè thoilichte ur cairt neo ur teachdaireachd a chur cuide ris an leabhar an-asgaidh.

Luath foillsichearan earranta
543/2 Barraid a' Chaisteil
Am Mìle Rìoghail
Dùn Èideann EH1 2ND
Alba
Fòn: +44 (0)131 225 4326 (24 uair)
sales@luath.co.uk
www.luath.co.uk